9 788196 054168

گردِ کارواں

(مضامینِ طنز و مزاح)

مصنف :

کنہیا لال کپور

© Taemeer Publications
Gard-e-Karwan (Humorous Essays)
Author: Kanhaiya Lal Kapoor
Edition: December '2022
Publisher & Printer:
Taemeer Publications, Hyderabad.

ISBN 978-81-960541-6-8

9 788196 054168

کتاب	:	**گردِ کارواں**
مصنف	:	**کنہیالال کپور**
صنف	:	طنز و مزاح
ناشر	:	تعمیر پبلی کیشنز (حیدرآباد، انڈیا)
زیر اہتمام	:	تعمیر ویب ڈیولپمنٹ، حیدرآباد
ترتیب / تہذیب	:	مکرم نیاز
سالِ اشاعت	:	۲۰۲۲ء
تعداد	:	(پرنٹ آن ڈیمانڈ)
طابع	:	تعمیر پبلی کیشنز، حیدرآباد -۲۴
صفحات	:	۱۶۰

انتساب

مہندر ناتھ کے نام

تمہاری یاد کے جب زخم بھرنے لگتے ہیں
کسی بہانے تمہیں یاد کرنے لگتے ہیں

(فیضؔ)

کنہیالال کپور--اردو ادب میں یہ نام زبان پر آتے ہی دل و دماغ میں مسرت اور شرارت کے چشمے سے پھوٹ نکلتے ہیں۔ کپور کی گدگداتی اور چٹکیاں لیتی ہوئی باتیں بے اختیار یاد آنے لگتی ہیں، بے رس اور سپاٹ زندگی میں معنی سے پیدا ہونے لگتے ہیں، یوں محسوس ہوتا ہے کہ زندگی کے اجڑے ہوئے منظر میں پانی، ہوا، بادل، روشنی، خوشبو در آئے ہیں---جینے کو جی چاہنے لگتا ہے۔

کنہیالال کپور کے اس مجموعے کا نام جس قدر شاعرانہ ہے اسی قدر اس کے مضامین شاطرانہ ہیں۔ ان مضامین میں کپور نے خاص طور سے ان لوگوں کو تختۂ مشق بنایا ہے جنہیں بے نقاب کرنے کے لیے: چیتے کا جگر چاہیے، شاہین کا تجسس۔

اس کتاب میں کپور نے ایک زبردست کامیڈی "سلیم اور انارکلی" پیش کی ہے جو ہمارے پیٹ میں بل ڈالنے کے ساتھ ہی ہماری کھوکھلی معاشرت کے لیے ضربِ کلیم کا حکم بھی رکھتی ہے۔

فہرست

اردو میں کسی نئی کتاب کا چھپنا ایک معجزہ ہے اور ایمان کی تو یہ ہے کہ لکھنے والے سے بھی زیادہ چھاپنے والے کے دل گردے کی داد دینا پڑے گی!!

(کنہیا لال کپور)

پیش لفظ

یاد شن بخیر! ایک وہ بھی زمانہ تھا کہ اردو زبان کو سر آنکھوں پہ بٹھایا جاتا تھا۔ پھر نہ جانے اسے کس کی نظر کھا گئی کہ اس سے دامن بچا کر نکل جانے میں ہی خیریت سمجھی جانے لگی۔ ان دنوں اربابِ وطن اس سے یوں بدکتے ہیں جیسے یہ کوئی نہایت خطرناک چیز ہو۔ بقول احمق پھپھوندوی ؎

اللہ اللہ کس قدر سہمے ہوئے رکھتے ہیں پاؤں
خاکِ عاشق کیا ہے گویا سرزمینِ بارود ہے

ان حوصلہ شکن حالات میں اردو میں کسی نئی کتاب کا چھپنا ایک معجزہ ہے اور ایمان کی تو یہ ہے کہ لکھنے والے سے بھی زیادہ چھاپنے والے کے دل گردے کی داد دینا پڑے گی ـــــ اردو زبان کو کیوں مٹایا جا رہا ہے؟ عام طور پر دو وجوہ بتائی جاتی ہیں۔ ایک تو یہ کہ اردو مسلمانوں کی زبان ہے۔ اس ضمن میں یہ عرض ہے کہ ہر دس ہندوستانیوں میں سے ایک مسلمان ہے اور اگر وہ اردو سے محبت کرتا ہے تو یہ جرم ہے نہ گناہ۔ کم از کم تعزیراتِ ہند اور منوسمرتی اس بارے میں خاموش ہیں۔ نیز اردو کے سینکڑوں ادبا اور پرستار (جیسے فراق، محروم، جوش، کرشن چندر، اشک، مہندر ناتھ، راجندر سنگھ بیدی، بلونت سنگھ، نریش کمار، اور خاکسار) ابھی تک مشرف بہ اسلام نہیں ہوئے اور نہ مستقبل قریب میں اسلام قبول کرنے کا ارادہ رکھتے ہیں۔

دوسری وجہ یہ بیان کی جاتی ہے کہ اردو خوبصورت زبان ضرور ہے لیکن بے مصرف ہے۔

اس بارے میں یہ عرض ہے کہ یہ ضروری نہیں کہ گلاب کے پھول کو صرف اس لئے قدر کی نگاہ سے دیکھا جائے کہ اُس سے گلقند تیار ہوتی ہے۔ کیا تاج محل اور اجنتا ایلورا کی قدر و منزلت اسی لئے نہیں کی جاتی کہ وہ خوب صورت ہیں۔

کچھ اشخاص کے نزدیک اردو اس لئے واجب القتل اور گردن زدنی ہے کیونکہ اس کے بجائے ہندی کو سرکاری زبان قرار دیا گیا ہے۔ ذاتی طور پر مجھے ہندی کے سرکاری زبان بنائے جانے پر اعتراض ہے اور وہ یہ کہ ضرورت سے زیادہ "فرسودہ" واقع ہوئی ہے۔ روایت ہے کہ جب شیر شاہ ہمایوں کو شکست دینے کے بعد دلی میں داخل ہوا تو ایک پنہیاری نے اس کی طرف اشارہ کرتے ہوئے دوسری سے کہا تھا کہ "گوا! دلی کو دولہا تو ملا پر بوڑھا ملا۔" میری دانست میں ہندوستان کو سرکاری زبان تو ملی لیکن سال خوردہ ملی اور یہ شاید اس لئے کہ ہمارے بیشتر قانون ساز (جنھوں نے سرکاری زبان کا انتخاب کیا) ضعیف واقع ہوئے ہیں۔

بہر حال یہ سیاست کی باتیں ہیں۔ آپ کو ان سے کیا لینا دینا۔ آپ کتاب ملاحظہ فرمائیے اور خدا کا شکر ادا کیجیے کہ دیوناگری رسم الخط کی بجائے یہ فارسی رسم الخط میں لکھی گئی ہے۔

کنہیا لال کپور

ڈی۔ ایم۔ کالج
موگا (مشرقی پنجاب)

۱۶/جنوری ۱۹۶۰ء

ترقی پسند غالب

پہلا منظر

(باغِ بہشت میں مرزا غالب کا محل۔ مرزا دیوان خانہ میں مسند پر بیٹھے ایک پری زاد کو کچھ لکھوا رہے ہیں۔ ساغر و مینا کا شغل جاری ہے۔ ایک حور ساقی کے فرائض انجام دے رہی ہے)

(منشی ہرگوپال تفتہ داخل ہوتے ہیں)

تفتہ۔ آداب عرض پیر و مرشد۔ یہ آج پری زاد سے کس قسم کا انتقام لیا جا رہا ہے کہ اُسے اچھا خاصا کاتب بنا دیا۔

غالب۔ آؤ آؤ مرزا تفتہ، بہت دنوں کے بعد آئے ہو بھئی بیٹھو۔ کچھ اپنی کہو، ہماری سنو۔

تفتہ۔ لیکن بندہ نواز یہ سلسلہ کیا ہے؟ کیا کوئی تازہ غزل لکھوائی جا رہی ہے؟

غالب۔ جنت اور تازہ کلام! میاں جہاں دودھ اور شراب کی نہریں ہوں، حوریں اور پری زاد زلفِ سیاہ رُخ پہ پریشان کیے ہر وقت چشم براہ اور گوش بر آواز ہوں وہاں احساسِ نا امیدی کہاں، اور اس کی عدم موجودگی میں سازِ غزل سے کوئی نغمہ اُبھرے یا پھوٹے یہ کس طرح ممکن ہے۔ واللہ کیا دن تھے وہ بھی، جب شراب کے ایک ایک جرعے کو ترستے تھے۔ قرض کی مے پینے میں کتنا مزا تھا۔ جب......

تفتہ۔ قطع کلام معاف مرزا صاحب، کل ریاض خیرآبادی سے اس موضوع پر ایک شعر سنا بخدا لطف آگیا۔

غالب۔ ارشاد۔

تفتہ۔ اپنی یہ وضع اور یہ دشنامِ مے فروش
سُن کے جو پی گئے یہ مزا مُفلسی کا تھا

غالب۔ سبحان اللہ کیا تیور ہیں شعر کے۔ خدا خوش رکھے ریاض کو، خمریات میں بڑا نام پیدا کیا ہے۔ لیکن رہا مولوی ہی ساری عمر۔ ظالم نے جنت میں آکر بھی نہیں چکھی۔

تفتہ۔ باتوں باتوں میں میرا سوال تو آپ فراموش ہی کر گئے۔ میں نے عرض کیا تھا، پری زاد سے کیا لکھوایا جا رہا ہے؟

غالب۔ کوئی نئی چیز نہیں یونہی اپنی چند غزلوں کو بنانے کے لئے بیٹھ گیا۔ سوچا بیکار مباش۔

تفتہ۔ گستاخی معاف حضور۔ لیکن ان غزلوں میں اصلاح کی گنجائش کہاں ہے۔ سونے پر سہاگہ کرنے کی ٹھانی ہے کیا؟

غالب۔ گنجائش اس طرح نکل آئی کہ ان میں رجعت پسندی کے کافی عناصر ہیں۔ انھیں ترقی پسند سانچے میں ڈھال رہا ہوں۔

تفتہ۔ خوب، خوب! تو جنت میں آنے کے بعد آپ کو ترقی پسند بننے کا شوق ہوا ہے۔ خدارا اپنے پہ نہیں تو اپنے عزیزوں پر رحم کیا ہوتا۔

غالب۔ بھئی بات تو تم ٹھیک کہتے ہو۔ لیکن ہوا کے رُخ کو بھی تو دیکھنا پڑتا ہے۔

تفتہ۔ (طنزاً) ہائے اس زود پشیماں کا پشیماں ہونا۔

غالب۔ اور ہم اگر جواب میں کہیں کچھ اور چاہیئے وسعت مرے بیاں کے لئے۔

تفتہ۔ حضور، خدا کے لئے بیان میں مزید وسعت پیدا کرنے سے احتراز فرمایئے۔ بیچارے نقاد پہلے ہی کافی پریشان ہیں۔ اگر اصلاح شدہ کلام کی شرح لکھنی پڑی تو خیرد عافیت معلوم ہو جائے گی۔

غالب۔ میں نے فیصلہ کیا ہے کہ یہ کلام دارالبقا میں رہے گا۔
تفتہ۔ تو اس سے آپ کا مطلب تو حل ہوگا نہیں دارالمکافات کے نقاد آپ کا شمار ترقی پسند شعرا میں کرنے سے تو رہے۔
غالب۔ دل کے بہلانے کو غالب یہ خیال اچھا ہے۔
تفتہ۔ بجا ارشاد ہوا قبلہ! ایک سوال بڑی دیر سے میرے ذہن میں چٹکیاں لے رہا ہے۔ اجازت ہو تو عرض کروں۔
غالب۔ بلا تامل کہیئے۔
تفتہ۔ جنت کی حقیقت تو آپ کو معلوم ہو گئی کبھی جنت میں دلی کی بھی یاد آئی۔ خاص کر محلہ بلی ماراں کی؟
غالب۔ محلہ بلی ماراں! آہ مرزا تفتہ۔ یہ تم نے کس کی یاد دلا دی ے

اک تیر میرے سینے پہ مارا کہ ہائے ہائے

خدا گواہ ہے وہاں سے آئے ہوئے نوے برس ہونے کو آئے لیکن محلہ بلی ماراں کا نقشہ دن رات میری آنکھوں کے سامنے رہتا ہے۔
تفتہ۔ تو کیوں نہ ایک آدھ دن کے لئے دلی کی سیر کی جائے۔ یہاں رہتے رہتے طبیعت اوب گئی ہے۔ نہ مشاعرے نہ مجلسیں، نہ نوک جھونک، نہ لطیفہ بازی۔ بس ہر طرف شہد اور دودھ کی نہریں، اور ان پر بھنبھناتی ہوئی مکھیاں۔
غالب۔ لیکن وہاں جائیں تو کیسے۔ نہ تقریب، نہ دعوت نامہ، اور پھر دلی میں ہمیں کون پوچھے اور کون سمجھے گا۔
تفتہ۔ یہ بات تو نہیں جناب، دلی کیا سارے ہندوستان میں آپ کے لاکھوں پرستار

موجود ہیں۔ ابھی چند دن ہوئے پنڈت ہری چند اختر وہاں سے تشریف لائے ہیں انھوں نے وہ وہ قصے سنائے کہ طبیعت مچل مچل گئی۔

غالب۔ اچھا، کچھ ہم بھی سنیں، کیا کہا انھوں نے؟

تفتہ۔ دلی میں آپ کا شاندار مزار تعمیر کیا گیا ہے۔ ایک فلم آپ کی زندگی پر بنائی گئی ہے اور آپ کا دیوان دیوناگری رسم الخط میں شائع کیا گیا ہے۔

غالب۔ جزاک اللہ، اور یہ اس غالب کی عزت افزائی کی گئی ہے جسے ساری عمر یہ شکایت رہی ہے ہم نے مانا کہ دلی میں رہیں کھائیں گے کیا

تفتہ۔ معلوم ہوتا ہے کہ لوگ آپ کی وفات حسرت آیات کے منتظر تھے۔ جونہی آپ اللہ کو پیارے ہوئے قدر افزائی کے ڈونگرے برسنے لگے۔

غالب۔ یہ بات تھی تو ہمیں ہلکا سا اشارا کر دیا ہوتا۔ ہم برسوں پہلے سفرِ آخرت اختیار کر لیتے۔

تفتہ۔ تو فرمائیے۔ دلی چلیئے گا۔ اختر صاحب کی زبانی پتا چلا کہ لال قلعہ میں عظیم الشان مشاعرہ ہو رہا ہے۔

غالب۔ لال قلعہ! مشاعرہ!! یہ تو گویا دو آتشہ ہے۔ بھئی ضرور چلیں گے۔

دوسرا منظر

(لال قلعہ دلی کے دیوانِ عام میں غالب کی یاد میں ایک مشاعرے کا اہتمام کیا گیا ہے۔ شعرا اسٹیج پر جلوہ افروز ہیں۔ سامعین بے تابی سے کارروائی شروع ہونے کا انتظار کر رہے ہیں۔ اسٹیج سکریٹری مائیک کے سامنے آتا ہے)

اسٹیج سکریٹری۔ صاحبِ صدر، خواتین و حضرات! یہ مشاعرہ اقلیمِ سخن کے اس

شہنشاہ کی یاد میں منعقد کیا گیا ہے جسے مرزا اسد اللہ غالب کے نام نامی سے یاد کیا جاتا ہے۔ جو اسی لال قلعہ کی محفلوں میں بارہا غزل سرا ہوا اور جس کے کلام نے عوام کے علاوہ مغلیہ سلطنت کے آخری تاجدار کو محظوظ و مسحور کیا۔ کاش وہ آج ہمارے درمیان موجود ہوتا اور اپنی غزل سرائی سے ہمارے دلوں کو گرماتا۔

ایک آواز۔ حضرت، آپ نے مجھے یاد فرمایا۔ میں تو آپ کے درمیان موجود ہوں۔

(سامعین میں ہلچل سی مچ جاتی ہے سب پیچھے کی طرف مڑ کر دیکھتے ہیں)

ایک اور آواز۔ میں ہرگوپال تفتہ بڑی مسرت سے آپ کو یہ خوشخبری سناتا ہوں کہ نجم الدولہ دبیر الملک مرزا اسد اللہ خاں غالب بہ نفسِ نفیس اسٹیج پر تشریف لا رہے ہیں۔

(مرزا غالب اور منشی ہرگوپال تفتہ اسٹیج کی طرف بڑھتے ہوئے دکھائی دیتے ہیں۔ سامعین کھڑے ہو کر آداب بجا لاتے ہیں۔ صاحبِ صدر اور اسٹیج سیکرٹری مرزا اور تفتہ کے حق میں دست بردار ہو جاتے ہیں)

غالب۔ (کرسئ صدارت پر بیٹھنے کے بعد) بھئی تفتہ! شمع بردار کہاں ہے۔ اس سے کہو کہ شمع کسی ترقی پسند شاعر کے سامنے لائے۔

ایک شاعر۔ گستاخی معاف مرزا۔ ہمارے مشاعروں میں شمع بردار نہیں ہوتا۔ ہم بجلی کے لیمپ کی روشنی میں مائیک کے سامنے اپنا کلام پڑھتے ہیں۔

غالب۔ تو پھر شروع کیجیے۔ یہ دونوں چیزیں تو موجود ہیں۔

مصائب دہلوی۔ غزل سماعت فرمائیے۔

غالب۔ بھئی کوئی ترقی پسند نظم سنائیے۔ آخر ہم جنت سے غزل سننے کے لئے تو نہیں آئے۔

مصائب دہلوی۔ معاف کیجیے مرزا۔ نظم سے تو میں تائب ہو چکا ہوں۔

غالب۔ ہائیں۔ نظم سے توبہ کرلی۔ آخر کیوں؟
مصائب دہلوی۔ وجہ بیان کیے دیتا ہوں۔ عرض کیا ہے۔

غزل سے بدکنا
غزل سے بھڑکنا
مرا اک معمول سا ہو گیا تھا
میں لکھتا تھا نظمیں
جنھیں اہلِ محفل
بجھارت پہیلی معمّا سمجھتے
سمجھتے نہ کچھ بھی بس اتنا سمجھتے
مگر میں نے دیکھا
کہ نظموں میں میری
نہیں مغز کوئی
یہ نظمیں کہاں، محض تھی جعل سازی
کہ پڑھ کے انھیں شہر کا کوئی قاضی
پکارے "الٰہی یہ کیا بک رہا ہے
کہ لاحول پڑھنے کو جی چاہتا ہے۔"
میں جب بھی کوئی نظم
محفل میں پڑھتا
تو دانتوں تلے انگلیاں

داب کر سب
کنکھیوں سے یوں دیکھتے میری جانب
کہ جیسے ہوا احساسِ رحم ان میں پیدا
کسی نیم پاگل کسی سرپھرے پر!
بالآخر یہ سوچا
کہ حد مسخرہ پن کی ہوتی ہے کوئی
چنانچہ غزل کی طرف لوٹ آیا
بچایا مجھے شکر تیرا خدایا

غالب۔ خوب، بہت خوب۔ تو گویا شام کا بھولا صبح کو گھر لوٹ آیا۔ لیکن صاحب ہم غزل نہیں سنیں گے۔

مصائب دہلوی۔ اگر آپ نظم ہی سماعت فرمانا چاہتے ہیں تو پھر حضرت جدت لکھنوی سے کہیے کیونکہ وہ ترقی پسندوں کے سالار ہیں۔

غالب۔ جدت لکھنوی اسٹیج پر تشریف لائیں۔

جدت لکھنوی۔ مرزا صاحب! مصائب دہلوی نے تو صرف نظم سے توبہ کی ہے میں نے شاعری سے توبہ کر لی ہے۔

غالب۔ تعجب، آخر اس انقلاب کی وجہ؟

جدت لکھنوی۔ اگر آپ اصرار کرتے ہیں تو وجہ بھی ظاہر کئے دیتا ہوں۔

غزل سے مجھے اس لئے دشمنی تھی
کہ آساں نہیں ہے غزل اچھی کہنا

بڑا مارنا پڑتا ہے اس میں پتّا
بڑی دور کی لانا پڑتی ہے کوڑی
جو سچ پوچھئے ایک نشتر غزل کا
ہے سو لاکھ بے کیف نظموں پہ بھاری
مگر چاہتی ہے غزل وہ ریاضت
کہ جس کے تصوّر سے لرزہ ہو طاری
چنانچہ بڑے چھوٹے "مصرعے" ملا کر
میں لکھتا رہا ایسی مہمل سی نظمیں
کہ پڑھ کے جنھیں آئے قاری کو غصّہ
پڑھی نظم دلّی کی مجلس میں مَیں نے
تو مزدور نے ایک یوں مجھ کو ٹوکا
"ابے دیکھ تو تُو یہ کیا کر رہا ہے"
اسی دن سے کی میں نے نظموں سے توبہ
کہ مشکل بہت شاعری کا ہے شعبہ
چنانچہ میں خاموش ہوں چھ برس سے
فقط اللہ ہُو اللہ ہُو کر رہا ہوں

غالب۔ آپ کی معذرت بجا۔ لیکن اگر آپ بھی رضامند نہیں تو پھر نظم پڑھنے کے لئے کس سے کہا جائے؟

جدت لکھنوی۔ بسولہ حیدرآبادی جو ہیں۔

غالب۔ بسولہ حیدرآبادی تشریف لائیں۔

بسولہ حیدرآبادی۔ مرزا صاحب۔ اگر آپ کا خیال ہے کہ میں آپ کو غزل یا نظم سناؤں گا تو یہ آپ کی خوش فہمی ہے۔ یہ شغل تو مدت سے ترک کر رکھا ہے اگر چاہیں تو فضا میں ہتھوڑا یا درانتی لہرا کر دکھا سکتا ہوں۔

غالب۔ خدانخواستہ، کہیں ہمارا سر پھوڑنے کا ارادہ تو نہیں۔

بسولہ حیدرآبادی۔ تسلی فرمایئے، ایسی کوئی بات نہیں۔

غالب۔ لیکن آپ نظم سنانے سے کیوں گریز کر رہے ہیں؟

بسولہ حیدرآبادی۔ بات دراصل یہ ہے مرزا کہ شاعری ایک بیکار شغل ہے، پھر جو بات ہتھوڑے میں ہے وہ قلم میں کہاں۔

غالب۔ معاف کیجئے، میں آپ کا مطلب نہیں سمجھا۔

بسولہ حیدرآبادی۔ مطلب ابھی واضح کئے دیتا ہوں۔ عرض کیا ہے؟

کبھی قلم ہاتھ میں تھا میرے
غزل بھی کہہ لیتا تھا میں خاصی
نہ جانے کیا میرے دل میں آئی
کہ توڑ ڈالا قلم کو ساتھی
پکڑ کے ہاتھوں میں اک ہتھوڑا
ادب کی تخلیق کر رہا ہوں
ہتھوڑے سے یعنی لکھ رہا ہوں
ادب برائے یہ ماسکو ہے

نہیں ادب یہ برائے دِلّی
میں صاف اعلان کر رہا ہوں
کہ بن گئی ہے مرکھنی گائے
ہوا جو کرتی تھی بھیگی بلّی
قسم مجھے گورکی کی ساتھی
ادب کو رہنے ادب نہ دوں گا
قسم مجھے ایلیا کی ساتھی
میں شاعری تو نہیں کرونگا
لگاؤں گا میں ادب میں نعرے

کہ آرہا ہے نیا سویرا
کہ شاعری ختم ہو چکی ہے
درانتیاں گیت گا رہی ہیں

غالب ۔ ع یاالٰہی یہ ماجرا کیا ہے ۔ کوئی شاعر نظم سنانے کو تیار نہیں ۔ (شگفتہ سے) اچھا بھئی شگفتہ مائیک پر اعلان کر دیجئے کہ اگر کوئی صاحب نظم سنانا چاہتے ہیں تو اسٹیج پر آ جائیں ۔

شگفتہ ۔ ہاں صاحب ۔ ہے یہاں کوئی نظم گو شاعر؟

شعراء کوئی نہیں کوئی نہیں ۔ ہم سب اب غزل گو ہو چکے ہیں ۔

شگفتہ ۔ (غالب سے) تو پیر و مرشد، آپ ہی کچھ ارشاد فرمایئے ۔

غالب ۔ حضرات! ادھر چند دنوں سے دو ترقی پسند نظمیں کہی ہیں انھیں پیش کرنے کی جسارت

کرتا ہوں۔

شعراء۔ ارشاد قبلہ!

غالب۔ عرض کیا ہے ؎

ہم ہیں مشتاق اور وہ بے زار　　　　کس کی حاجت روا کرے کوئی

شعراء۔ سبحان اللہ کیا بات پیدا کی ہے۔

غالب۔ آداب عرض۔ شعر ہے ؎

جان تم پر نثار کرتا ہوں　　　　شرم تم کو مگر نہیں آتی

اور ؎ بک رہا ہوں جنوں میں کیا کیا کچھ

ابر کیا چیز ہے، ہوا کیا ہے

شعر ہے ؎ موت کا ایک دن معین ہے

اور درویش کی صدا کیا ہے

اور صاحب آخری شعر ہے ؎

میں نے مانا کہ کچھ نہیں غالب　　　　کیوں کسی کا گلہ کرے کوئی

تفتہ۔ جواب نہیں حضور اس ترقی پسندی کا، قبلہ اب دوسری نظم بھی عطا فرمایئے۔

غالب۔ دوسری نظم ابھی نامکمل ہے۔ صرف تین شعر ہوئے ہیں۔

تفتہ۔ ارشاد۔

غالب۔ عرض کیا ہے ؎

دل سے تری نگاہ جگر تک اتر گئی　　　　حیراں ہوں دل کو روؤں کہ پیٹوں جگر کو میں

شعراء۔ واہ وا کیا بے نظیر شعر ہے۔

غالب — اسدؔ بسمل ہے کس انداز کا قاتل سے کہتا ہے

کہ مشقِ ناز کر خونِ دو عالم میری گردن پر

تفتہ — واللہ کہاں تان توڑی ہے قبلہ، کیا نازک خیالی ہے۔

غالب — اور تیسرا شعر ہے —

دل کے خوش رکھنے کو غالبؔ یہ خیال اچھا ہے

گر نہیں ہیں مرے اشعار میں معنی نہ سہی

تفتہ — مرحبا، یہ آپ کا ہی حصہ ہے مرزا صاحب، ندرتِ بیان کی داد نہیں دی جاسکتی۔

غالب — آداب عرض۔ تو حضرات اب مجلس برخاست کی جاتی ہے کیونکہ معلوم ہوتا ہے

کہ مجھ کافر کے علاوہ سب کفار مسلمان ہو چکے ہیں، یعنی غزل گوئی کی طرف لوٹ

آئے ہیں اور خاکسار جب سے جنت آشیانی ہوا ہے۔ غزل کہنے یا سننے کی تاب

نہیں لاسکتا (تفتہ سے) بھئی تفتہ مائیک پر اعلان کر دو کہ سامعین اور شعراء

تشریف لے جاسکتے ہیں۔

تفتہ — خواتین و حضرات! پیر و مرشد کا ارشاد آپ نے سن ہی لیا۔ آپ آرام کیجیے۔

خاکسار اور مرزا ابھی مزارِ غالب پر فاتحہ پڑھنے جائیں گے۔ ہو سکا تو سیکنڈ شو میں

فلم "مرزا نوشہ" بھی دیکھیں گے۔

الوداع، شب بخیر

سامع

جس دن سے وہ ایک گم نام جزیرے کی سیاحت سے واپس آیا تھا بہت اداس رہتا تھا۔ یہ بات تو نہیں تھی کہ اُسے اُس جزیرے کی یاد رہ رہ کر ستاتی تھی کیونکہ وہ جزیرہ اس قابل ہی کب تھا کہ اس کی زیارت دوبارہ کی جائے۔ کوئی بڑا فضول سا جزیرہ تھا۔ "کانا باناکاٹا" اور واقع تھا وہ بحرالکاہل میں۔ وہ ایک کلچرل وفد کے ساتھ اس جزیرے میں گیا تھا۔

یہ صحیح ہے کہ اس جزیرے میں رہنے والوں کے طور طریقے عجیب و غریب تھے۔ مثال کے طور پر وہ چائے یا کافی کی بجائے سونف کا عرق پیتے تھے۔ مصافحہ کرنے کی بجائے ایک دوسرے کے کان اینٹھتے تھے۔ کوٹ کے اوپر قمیص پہنتے تھے۔ ناچتے وقت روتے اور عبادت کرتے وقت زور زور سے ہنستے تھے۔ یہ ایسی باتیں تھیں جنھیں دلچسپ کہا جا سکتا ہے اور جنہیں سننے کے لئے لوگوں کو بے تاب ہونا چاہیئے تھا۔ لیکن بدقسمتی سے جب بھی اس نے "کانا باناکاٹا" کا ذکر کسی مجلس میں کیا اسے سخت مایوسی ہوئی۔ اوّل تو کانا باناکاٹا" کا نام سنکر ہی سامعین قہقہے لگا کر ہنسنے لگے۔ نہیں تو کوئی فوراً چمک کر کہتا: "ہٹاؤ یار بکواس کو۔ تم وہاں کیا گئے ایک دم بودبن کر لوٹے۔ جب دیکھو کانا باناکاٹا، کوئی کام کی بات کرو۔"

کئی بار اس نے موقع محل سمجھ کر کانا باناکاٹا کا ذکر چھیڑا لیکن لوگوں نے تو جیسے اس میں دلچسپی نہ لینے کی قسم کھا رکھی تھی۔ ایک دفعہ چند شاعروں کے درمیان بیٹھے ہوئے اس نے کہا: "آپ شاید نہیں جانتے کہ کانا باناکاٹا میں تمام شاعر نثر میں شاعری کرتے ہیں۔ اور وہ بھی چند گنے موضوعات پر مثلاً: گیدڑ، کھٹمل، چمگادڑ۔ سب سے بڑا شاعر اس

شخص کو سمجھا جاتا ہے جس نے گیدڑ پر سب سے زیادہ نظمیں لکھی ہوں۔ میں آپ کو گوا، گولا کی ایک نظم سناتا ہوں۔ گیدڑ کو مخاطب کرتے ہوئے وہ کہتا ہے:۔

"اے گیدڑ اگر تجھے شب بھر نیند نہیں آتی تو تو نارفیا کا ٹیکا کیوں نہیں لگوا لیتا۔ اے گیدڑ، اتنے زور سے مت چلا، کہیں ایسا نہ ہو کہ تیرا بڑا سا پھیپھڑا پھٹ جائے"
"اور اے گیدڑ ——"

اور کسی شاعر نے اس کی بات کاٹ کر کہا تھا: خدا کے لئے رحم کرو ہمارے حال پر۔ کیوں بور کرنے پہ تلے ہو؟" اور اس کی حسرت دل ہی دل میں رہ گئی تھی کہ گیدڑ والی ساری نظم وہ شاعروں کو سنا نہ سکا۔

اسی طرح ایک دفعہ اس نے وکیلوں کی ایک محفل میں کہا: "آپ شاید نہیں جانتے کہ کانا بانا کاٹا میں وکیل کو "ٹاپا" کہا جاتا ہے جس کے معنی ہوتے ہیں "دلچسپ جھوٹ بولنے والا" اور جج "گوکاپا" کہا جاتا ہے جس کے معنی "غلط فیصلہ کرنے والا" اور گواہ کو کہتے ہیں "ماپا" جس کے معنی......"

اس پر ایک وکیل نے اس کی طرف اشارہ کرتے ہوئے کہا تھا: "اور آپ کو "باپا" کہا جاتا ہے جس کے معنی ہوئے فضول بکواس کرنے والا۔"

اس دن کے بعد اس نے معمول بنا لیا تھا کہ کسی مجلس میں کانا بانا کاٹا کا ذکر نہیں کرے گا بلکہ اکیلے دکیلے آدمی کے ساتھ بات چلانے کی کوشش کرے گا۔ ایک دن سڑک پر چلتے ہوئے ایک فقیر نے اس سے پیسے کا سوال کیا۔ اس نے فقیر کی ہتھیلی پر ایک لکڑی کا سکہ جو وہ کانا بانا کاٹا سے لایا تھا رکھتے ہوئے کہا:۔

"جانتے ہو یہ کس ملک کا سکہ ہے؟"

"نہیں جانتا۔"

"یہ کانا باناکاٹا کا سکہ ہے۔جانتے ہو یہ ملک کہاں واقع ہے۔"

"نہیں جانتا"

"بحرالکاہل میں،جاپان سے تین ہزار.........."

"جی ہوگا۔لیکن غریب پرور میں نے تو پیسے کا سوال کیا تھا۔"

ایک دوکاندار سے صابن خریدتے وقت اس نے کہا۔"کانا باناکاٹا" میں صابن نہیں ہوتا۔دراصل اس کی ضرورت بھی نہیں۔ وہاں عام طور پر لوگ ایک سال بعد نہاتے ہیں۔ عجیب ملک ہے۔وہاں دوکاندار کو"چمیتو" کہتے ہیں جس کے معنی ہوتے......"

دوکاندار نے اس کی بات کو نظر انداز کرتے ہوئے پوچھا۔"اچھا تو آپ کو کون سا صابن چاہیئے۔"

ایک بار باغ کی سیر کرتے ہوئے اس کی ملاقات ایک ضعیف آدمی سے ہوئی۔اس نے سوچا،موقع اچھا ہے،اس سے فائدہ اٹھایا جائے۔آداب بجالانے کے بعد اس نے کہا"بڑے میاں آپ کی عمر کیا ہوگی۔"

"پینسٹھ سال"

"کانا باناکاٹا میں کسی شخص کو ساٹھ سال کے بعد زندہ رہنے کی اجازت نہیں۔"

"کانا باناکاٹا کیا بلا ہے۔"

"بلا نہیں صاحب،ایک بڑا عجیب جزیرہ ہے۔بحرالکاہل میں جاپان سے......"

"اچھا ہوگا"

"لیکن کیا یہ عجیب بات نہیں کہ وہاں ساٹھ سال کے بعد کسی کو زندہ......"

"تو کیا اُسے پھانسی کے تختے پر چڑھا دیا جاتا ہے۔"

"جی ہاں"

"بڑا بے ہودہ ملک ہے۔"

"جی نہیں بے ہودہ نہیں۔ دیکھئے نا، اس قانون کا یہ فائدہ ہے کہ....."

"اجی رہنے دیجئے۔ بزرگوں کے ساتھ ایسا بے رحمانہ سلوک!"

"سنیئے تو۔ آپ نے پوری بات تو سنی نہیں۔"

"معاف کیجئے، میں ایسی فضول باتیں نہیں سنا کرتا۔"

"آخر جب یہ حربہ بھی کوئی خاص کامیاب نہ رہا تو اس نے ایک اور تدبیر سوچی۔ کانا باناکاٹا سے وہ اپنے ساتھ چند سنگتراشی کے نمونے لایا تھا۔ وہ اس نے اپنے کمرے میں رکھ دیئے۔ اس کا خیال تھا کہ جب کوئی —— ملاقاتی اس سے ملنے آئے گا تو ضرور ان پر نظر دوڑانے کے بعد ان سے متعلق سوال کرے گا، اور بات چل نکلے گی۔ لیکن اس کے سب اندازے غلط ثابت ہوئے۔ اکثر ملاقاتیوں نے ان کی جانب دیکھا تک نہیں۔ ایک آدھ نے دیکھنے کے بعد فرض کر لیا کہ کسی کباڑی سے اونے پونے چند فضول مجسمے خرید لئے گئے ہیں۔ ایک دن اس نے ایک ملاقاتی کی توجہ ایک مجسمے کی طرف مبذول کراتے ہوئے کہا۔ "یہ کس کا مجسمہ ہے۔"

"کسی بندر کا معلوم ہوتا ہے۔"

"اسے نہیں، بندر کا نہیں۔ یہ کانا باناکاٹا کے مشہور فلسفی "موموکوکو" کا ہے۔"

"ہُنہ"

موموکوکو بڑا پہنچا ہوا فلسفی تھا۔ اس کے خیال میں انسان کی سب سے بڑی بدنصیبی

عورت نہیں، افیون ہے۔ خود مومو کو ہر روز تین سے چھ ماشے افیون کھایا کرتا تھا۔ ایک دن جب اسے افیون نہ ملی تو جانتے ہو اس نے کیا کیا۔"

"شاید خودکشی کرلی۔"

"نہیں خودکشی نہیں کی۔ وہ ایک پوست کا پودا جڑ اور پتوں سمیت کھا گیا لیکن جب اسے۔"

"اچھا یار کوئی اور بات کرو۔ یہ کس کا ذکر لے بیٹھے۔"

اُسے سب سے زیادہ افسوس تب ہوتا تھا جب بات چل نکلنے کے بعد درمیان میں رک جاتی۔ مثلاً ایک اتوار کو اس کا ایک اخبار نویس دوست اس کے پاس بیٹھا ہوا تھا، اس نے اسے مخاطب کرتے ہوئے کہا۔ "تم شاید نہیں جانتے کہ "کانا باناکاٹا" میں لوگ اخبار پڑھنے کیلئے نہیں آگ جلانے کے لئے خریدتے ہیں۔"

"لیکن وہ اخبار پڑھتے کیوں نہیں۔"

"ان کا خیال ہے کہ اخباروں میں سکینڈل کے علاوہ کچھ نہیں ہوتا۔"

"یہ تو کوئی معقول دلیل نہیں۔"

"اپنا اپنا خیال ہے۔ اور ہاں وہاں سب اخباروں کے نام ایک سے ہوتے ہیں۔ یعنی "رگڑ رگڑ" جس کے معنی ہوتے ...."

کچھ بھی ہوتے، کوئی کام کی بات کرو۔"

اور ایک دن تو اس کے ساتھ ایک عجیب سانحہ پیش آیا۔ اس کا ایک دوست جو پیرس سے تین سال کے بعد واپس آیا تھا اسے ملنے کے لئے آیا۔ اس نے سوچا کہ وہ ضرور کانا باناکاٹا کے کچھ حالات سننے پر رضامند ہوگا۔ اس نے ابھی تمہید ہی باندھی تھی کہ اس کے دوست نے مسکرا کر کہا۔ "لیکن یار کیا بات ہے فرانس کی۔ بڑا دلچسپ ملک

ہے اور پیرس! پیرس زندہ دلوں کا شہر ہے۔ ہر رات شب برات کا درجہ رکھتی ہے۔ آرٹسٹ بڑی لاابالی طبیعت کے مالک ہوتے ہیں۔ گلیاں بڑی پراسرار، ہوٹل دلہنوں کی طرح سجائے جاتے ہیں۔ ریلوے اسٹیشنوں پر پرستان کا دھوکا ہوتا ہے۔ سڑکیں اتنی صاف شفاف کہ ہاتھ لگے میلی ہو جائیں۔ سیاست دان معاملہ فہم اور نکتہ داں۔ شراب، آہ ظالم گویا شراب نہیں ایک تیز چھری ہے کہ اترتی چلی جائے وغیرہ وغیرہ۔

آخر دو گھنٹے کے بعد جب اس کے دوست نے پیرس کا تذکرہ ختم کیا تو اس نے محسوس کیا کہ ایسے شخص سے کانا بانا کاٹا کا ذکر کرنا پرلے درجے کی حماقت تھی۔

جب اس کا تجربہ بیکار ثابت ہوا تو وہ کھویا کھویا سا رہنے لگا۔ اسے انسانوں سے وحشت سی ہونے لگی۔ یہ کیسے لوگ ہیں۔ انھیں اپنے سوا کسی چیز سے دلچسپی نہیں۔ صرف روٹی کمانے کا دھندا ان کے دل و دماغ پر سوار ہے۔ کانا بانا کاٹا کا ذکر نہ سنکر یہ اپنے ساتھ کتنا ظلم کر رہے ہیں۔ وہ جتنا ان باتوں کے متعلق سوچتا اس کی اداسی میں اتنا ہی اضافہ ہوتا ——— ایک دن اس نے اپنے کو ضرورت سے زیادہ اداس پایا۔ اس نے ایک ڈاکٹر کی دکان کا رخ کیا۔ اتفاق سے ڈاکٹر کے پاس ایک مریض بیٹھا ہوا تھا۔ جب وہ دوا لے کر رخصت ہوا تو ڈاکٹر نے کہا: "فرمائیے آپ کو کیا شکایت ہے۔"

"ہر وقت اداس رہتا ہوں۔"

"وجہ؟"

"بظاہر کوئی وجہ نظر نہیں آتی۔"

"یہ شکایت کب سے ہے۔"

"جب سے کانا بانا کاٹا سے لوٹا ہوں۔"

"کانا باناکاٹما۔ یہ کسی ملک کا نام ہے کیا؟"

"جی ہاں، ایک جزیرہ ہے، بحرالکاہل میں۔"

"جاپان سے کتنا دور ہے۔"

"کوئی تین ہزار میل۔"

"آپ وہاں کس سلسلے میں تشریف لے گئے تھے۔"

"ایک کلچرل وفد کے ساتھ گیا تھا۔"

"آپ فن کار ہیں۔"

مصوّر ہوں۔"

"تو خوب سیر کی"

"جی ہاں ایک مہینہ رہا۔"

"تو کیا کیا دیکھا وہاں آپ نے۔"

"بہت کچھ۔ بڑا عجیب جزیرہ ہے۔"

"ہمیں بھی کچھ بتایئے۔"

"وہاں ڈاکٹر نہیں ہوتے۔"

"ڈاکٹر نہیں ہوتے۔ تو پھر جو لوگ بیمار پڑتے ہیں وہ علاج کس سے کراتے ہیں۔"

"چونکہ انھیں معلوم ہے کہ علاج کرنے والا کوئی نہیں، اس لئے وہ بیمار ہی نہیں پڑتے۔"

"اچھا کوئی اور بات بتایئے۔"

"وہاں مکانوں کے دروازے نہیں ہوتے۔"

"تو لوگ اندر کس طرح آتے ہیں۔"

"کھڑکیاں جو ہوتی ہیں۔"

"اچھا اور کیا دیکھا۔"

"وہاں بچے کی پیدائش پر ماتم کیا جاتا ہے۔"

"وہ کیوں۔"

"وہ کہتے ہیں کہ ہر نیا بچہ اپنے ساتھ نئی مصیبتیں لاتا ہے۔"

"بہت خوب۔ اچھا میں آپ کے لئے دوا تیار کرلوں۔ باقی باتیں......"

"دوا رہنے دیجئے۔ اب اس کی ضرورت نہیں"

"ابھی تو آپ کہہ رہے تھے کہ آپ ہر وقت اداس رہتے ہیں۔"

"جس شے کی کمی مجھے اداس رکھتی تھی وہ مجھے مل گئی۔"

"وہ کون سی شے ہے۔"

"سامع ـــــ سننے والا"

ڈاکٹر اس کا منہ تکنے لگا۔ لیکن وہ چپکے سے "آداب عرض ہے" کہہ کر دکان سے باہر چلا گیا۔

دو کو لڑانا

دو مرغوں یا بٹیروں کو لڑانا شغل ہو سکتا ہے فن نہیں البتہ دو آدمیوں کو لڑانا خاص کر جب کہ وہ ہم پیالہ و ہم نوالہ ہوں، دانتوں کاٹی کھاتے ہوں یقیناً فن ہے۔ اس فن کے موجد تو نارد منی ہیں کیوں کہ ان کا پسندیدہ شغل دیوتاؤں اور انسانوں کو آپس میں لڑانا ہے لیکن نارد منی کے علاوہ ایک اور ہستی کو بھی اس فن کا امام مانا جا سکتا ہے اور وہ ہے بی جمالو۔ یہ وہی جانی پہچانی جمالو ہے جو اکثر بھس میں چنگاری ڈال کر الگ کھڑی ہو جاتی ہے اور جب بھس میں سے شعلے نکلنے لگتے ہیں تو بغلیں بجا کر اپنی مسرت کا اظہار کرتی ہے۔

اس فن کے لئے بڑے ریاض کی ضرورت ہے۔ جب تک ان تمام حربوں کا غور سے مطالعہ نہ کیا جائے جو نارد منی یا بی جمالو دو کو لڑانے میں استعمال کرتے ہیں۔ کوئی شخص اس فن میں مشاقی حاصل نہیں کر سکتا۔ سب سے پہلا حربہ یہ ہے کہ جن دو اشخاص کو آپس میں لڑانا مقصود ہو انہیں علیحدہ علیحدہ یقین دلا دیں کہ آپ سے بڑھ کر ان دونوں کا دنیا میں کوئی بھی خواہ نہیں اور آپ جو کہہ رہے ہیں بڑے خلوص سے کہہ رہے ہیں۔ دوسرا حربہ یہ ہے کہ آپ ان دونوں کی کسی دکھتی رگ کو چھیڑنے کی کوشش کریں۔ اس ضمن میں یاد رکھیں کہ ہر شخص کی کوئی نہ کوئی دکھتی ہوئی رگ ضرور ہوتی ہے۔ کسی کی یہ کہ جس عزت کا وہ مستحق ہے اس سے اسے محروم رکھا جا رہا ہے کسی اور کی یہ کہ اس کے سب احباب احسان فراموش واقع ہوئے ہیں اور کسی کی یہ کہ لوگ اس سے بلا وجہ حسد کرتے ہیں۔ تیسرا حربہ یہ

ہے کہ جب وہ دونوں لوٹنے پر آئیں تو آپ چپکے سے یہ کہہ کر کھسک جائیں کہ آپ کو یک لخت کوئی ضروری کام یاد آ گیا ہے اس لئے آپ اجازت چاہتے ہیں۔

عام طور پر دیکھا گیا ہے کہ دو اشخاص کو لڑانے میں نارد منی یا بی جمالو کا ضرور ہاتھ ہوتا ہے۔ مثال کے طور پر گھوش بابو اور گپتا بابو ایک دفتر میں کلرک ہیں۔ دونوں پکے دوست ہیں یعنی ایک دوسرے پر جان چھڑکتے ہیں۔ اسی دفتر میں بھٹاچاریہ بھی کام کرتا ہے۔ جو نارد منی کی نمائندگی کرنے میں ید طولےٰ رکھتا ہے۔ ایک دن بھٹاچاریہ گھوش بابو کے گھر میں آتا ہے۔ کہتا ہے۔ "اپنا سمجھ کے ایک بات کہنا چاہتا ہوں بُرا تو نہیں مانو گے؟"

"نہیں بُرا ماننے کی کیا بات ہے شوق سے کہیئے۔"

"پہلے یہ بتایئے کہ گپتا بابو سے کچھ ناچاقی تو نہیں ہو گئی؟"

"بالکل نہیں۔"

"بڑے تعجب کی بات ہے تو پھر معاملہ کیا ہے؟"

"بات کیا ہے ذرا کھل کر کہیئے؟"

"کچھ نہیں، کچھ نہیں، میرا خیال ہے مجھے خاموش ہی رہنا چاہیئے۔" اتنا کہنے کے بعد واقعی بھٹاچاریہ خاموش ہو جاتا ہے۔ ادھر گھوش بابو سوچتا ہے کہ ضرور کوئی بات ہے اس لئے اصرار کرتا ہے۔

"بھٹاچاریہ بھئی بتاؤ نا بات کیا ہے؟"

"بات ہے بھی اور کچھ بھی نہیں، میرا مطلب ہے کم از کم گپتا بابو۔۔۔۔۔"

"ہاں ہاں گپتا بابو۔"

"نہیں میں کچھ نہیں کہوں گا۔ اچھا میں چلتا ہوں۔"

اب گھوش بابو بھٹاچاریہ کو پرماتما کا واسطہ دے کر کہتا ہے کہ اُسے وہ بات ضرور بتانی پڑے گی۔ ایک بار انکار کرنے کے بعد بھٹاچاریہ رازدارانہ لہجے میں کہتا ہے: "ذرا گپتا سے بچ کر رہیئے گا وہ آپ کے خلاف صاحب کے کان بھر رہا ہے۔ پرسوں میں نے اسے یہ کہتے سنا کہ گھوش بابو ہر روز پندرہ منٹ لیٹ آتا ہے اور کام کرنے کی بجائے سارا دن اخبار پڑھتا رہتا ہے اور ہاں لیکن میرا خیال ہے مجھے یہ نہیں کہنا چاہیئے۔"

"نہیں نہیں رک کیوں گئے اب بتانے لگے ہو تو چھپاتے کیوں ہو۔"

"بھئی تم دونوں میں خواہ مخواہ جھگڑا ہو جائے گا اور میں جھگڑے کو بالکل پسند نہیں کرتا۔"

"نہیں تمہیں بتانا پڑے گا۔"

"بتا تو دیتا ہوں لیکن یار اس سے یونہی جھگڑا نہ مول لے لینا۔"

"اچھا وہ بات بتایئے۔"

"ہاں تو وہ صاحب سے کہہ رہا تھا کہ آئندہ جب گھوش بابو لیٹ آیا تو آپ کو خبر کر دونگا۔"

بھٹاچاریہ بھُس میں چنگاری رکھ کر رخصت ہوتا ہے اور گھوش بابو دل ہی دل میں پیچ و تاب کھانے لگتا ہے کہ یہ گپتا بابو تو دوست کے پردے میں دشمن نکلا۔

اب شامت اعمال سے ایک دن گھوش بابو دفتر کے لئے لیٹ ہو جاتا ہے۔ شاید اسے بس نہیں ملی یا اس کی سائیکل پنکچر ہو گئی۔ ادھر صاحب کو کسی فائل کی، جو گھوش بابو کے قبضے میں ہے، ضرورت پڑ جاتی ہے۔ گھوش بابو کو اپنے کمرے میں نہ پا کر صاحب چپڑاسی سے کہتا ہے کہ جب وہ آئے اسے صاحب کے کمرے میں حاضر ہونے کے لئے کہا جائے۔

گھوش بابو جب آتا ہے تو اسے صاحب سخت سست کہتے ہیں وہ فوراً سمجھ جاتا ہے کہ معاملہ کیا ہے۔ صاحب کے دفتر سے نکل کر وہ سیدھا گپتا کے کمرے میں پہنچتا ہے۔

"آؤ بھئی گھوش بابو" گپتا مسکرا کر کہتا ہے۔

"رہنے دو یہ بناوٹی مسکراہٹیں، مجھے آج پتا چلا کہ تم مارِ آستین ہو۔"

"بات کیا ہے، اتنے ناراض کیوں ہو رہے ہو؟"

"ناراض نہ ہوں تو اور کیا کروں یہ اچھی شرافت ہے، دوست بن کر پیٹھ میں چھرا گھونپتے ہو۔"

"ارے بھئی کس نے چھرا گھونپا ہے۔"

"مجھے سب معلوم ہے، شرم آنی چاہیئے تمھیں۔"

چنانچہ دونوں میں وہ تو تو میں میں ہوتی ہے کہ دفتر کے تمام کلرک اکٹھے ہو جاتے ہیں۔ آخر کچھ لوگ بیچ بچاؤ کر کے معاملہ رفع دفع کر دیتے ہیں۔ جب سب کلرک اپنے کمروں میں چلے جاتے ہیں تو بھٹاچاریہ یہ کہتے ہوئے سنا جاتا ہے۔ "کیا زمانہ آگیا ہے صاحب! دوست ہی دوست کے درپے آزار ہو گیا، اب کس پر اعتبار کیا جائے!"

یہ تو تھا نارودمنی کا کارنامہ اب ذرا بی جمالو کی کارستانی ملاحظہ فرمایئے۔

بی جمالو گنگا اشنان کر کے مندر سے چلی آرہی ہے کہ راستے میں اس کی ملاقات مالتی سے ہوتی ہے۔ مالتی کی شادی ہوئے سات آٹھ مہینے ہوئے ہیں، بی جمالو مالتی پر ایک اچٹتی ہوئی نظر ڈالتے ہوئے کہتی ہے۔

"کتنی کمزور ہو گئی ہو تم مالتی۔ پہچانی بھی نہیں جاتیں۔"

"نہیں تو۔" مالتی حیران ہوتے ہوئے جواب دیتی ہے۔

"ارے نہیں، سچ کہہ رہی ہوں، تمہارا تو رنگ روپ ہی جیسے اڑ گیا ہے، معلوم ہوتا ہے بہت کام کرنا پڑتا ہے۔"

"ہاں کام تو کافی کرتی ہوں۔"

"یہی بات ہے، میں بھی کہوں ہا ہو کیا گیا تمھیں، معلوم ہوتا ہے جیٹھانی جی خوب کام کرواتی ہیں۔"

"بڑی جو ہوئیں۔"

"بڑے ہونے کا یہ مطلب تو نہیں کہ خود تو سارا دن سیر سپاٹا کرے اور تم داسیوں کی طرح کام کرو، تم گھر میں کیا آئیں اس کی تو پنشن لگ گئی۔"

"نہیں کام کاج میں وہ بھی ہاتھ بٹاتی ہیں۔"

"وہ کیا ہوا جو ذرا دیر سبزی چھیل دی یا پھل کاٹ دیئے، یہ کام تھوڑا ہی ہے۔"

"پھر بھی بڑی بہو جو ٹھہری۔"

"بڑی بہو ہوا کرے، لیکن کام اُسے آدھا ضرور کرنا چاہیئے۔ تمھارے سیدھے پن کا ناجائز فائدہ اٹھا رہی ہے۔"

"نہیں یہ بات تو نہیں۔"

"تم ایک دم مورکھ ہو مالتی، اپنا نفع نقصان نہیں سمجھتیں۔ میں نے تو سنا ہے دُکان کا سارا کام بھی تمھارا گھر والا کرتا ہے۔ جیٹھ تمہارا تو موج کرتا ہے، موج، کبھی تاش کھیل رہا ہے کبھی شطرنج اور کبھی سینما دیکھ رہا ہے۔"

"گھروں میں ایسا ہی ہوتا ہے ماسی۔"

" لیکن ایسا نہیں ہونا چاہیئے۔ آخر برابر کا حصہ دار ہے وہ کام کیوں نہ کرے۔ دیکھو میری مانو تو ابھی سے الگ ہو جاؤ، نہیں تو پچھتاؤ گی۔ تمہارا جیٹھ اور تمہاری جٹھانی دونوں بڑے چالاک ہیں اور تم دونوں ہو بھولے بھالے۔ شرافت میں مارے جاؤ گے۔ دیکھو اپنا سمجھ کر کہہ رہی ہوں ورنہ میری عادت نہیں کہ دوسروں کے پھٹے میں ٹانگ اڑاؤں، ہاں چھا رام رام۔"

ناجائز پھوٹ کا بیج بونے کے بعد چلی جاتی ہے۔ کچھ عرصہ کے بعد یہ پھوٹ وہ رنگ لاتی ہے کہ دیورانی اور جٹھانی میں جوتیوں میں دال بٹنے لگتی ہے۔

اب ذرا دیکھئے کہ نارد منی خاوند اور بیوی کو آپس میں کس طرح لڑاتے ہیں۔ راجیش اور نیلما ایک دوسرے کو بہت چاہتے ہیں لیکن نارد منی کو یہ بات ایک آنکھ نہ بھاتی۔ ایک دن راجیش کی غیر حاضری میں نارد منی ایک چھوٹے سے لڑکے کے ہاتھ راجیش کے نام ایک خط بھجواتے ہیں۔ لڑکا خط نیلما کو دیتا ہے وہ اس سے پوچھتی ہے۔

" تمھیں کس نے بھیجا ہے؟"

" جی کجلا دیوی نے۔"

" وہ کون ہے؟"

" جی وہی خوبصورت لڑکی جو ایم اے میں پڑھتی ہے۔"

" تم کون ہو؟"

" جی میں اس کا نوکر ہوں۔"

" اس نے تمھیں یہ خط راجیش بابو کو دینے کے لئے کہا تھا۔"

" جی ہاں اور ساتھ ہی یہ کہا تھا کہ یہ خط کسی اور کے ہاتھ میں مت دینا۔"

کیوں؟"

"جی مجھے کیا معلوم ؟"

"پھر یہ خط مجھے کیوں دے رہے ہو۔"

"آپ کو نہ دوں تو مجھے دوبارہ آنا پڑے گا آپ انھیں دے دیجیئے گا۔"

لڑکے کے چلے جانے کے بعد نیلما سوچتی ہے کہ وہ خط پڑھے یا نہ پڑھے، کافی سوچ بچار کے بعد وہ فیصلہ کرتی ہے کہ اسے خط پڑھ لینا چاہیئے۔ خط کو پڑھنے کے بعد اس کے تن بدن میں آگ لگ جاتی ہے کیوں کہ وہ ایک نہایت جذباتی قسم کا محبت نامہ ہے۔ شام کو جب راجیش بابو گھر لوٹتے ہیں تو دیکھتے ہیں کہ شریمتی جی انگاروں پر لوٹ رہی ہیں وہ پوچھتے ہیں بات کیا ہے لیکن روٹھی رانی جواب تک نہیں دیتی۔ آخر جب حد سے زیادہ اصرار کرتے ہیں تو بھنا کر کجلا دیوی کا محبت نامہ وہ ان کے سامنے پٹک دیتی ہے۔ خط پڑھنے کے بعد راجیش بابو بڑی سنجیدگی سے کہتے ہیں "یہ سب جھوٹ ہے۔ میں کسی کجلا دیوی کو نہیں جانتا۔" نیلما غصے سے جواب دیتی ہے "مجھے بہکانے کی کوشش مت کیجیے۔" راجیش اپنی صفائی میں بار بار قسمیں کھاتا ہے۔ لیکن نیلما کو یقین ہی نہیں آتا۔ وہ ایک ہی فقرہ دہرائے جاتی ہے "مرد کی ذات ہی ایسی ہوتی ہے۔" اس تہمت کی تاب نہ لاکر راجیش بھی آپے سے باہر ہو جاتا ہے۔ اور عورتوں میں جتنی خامیاں ہوتی ہیں انھیں گنوانے لگتا ہے۔ یہ تکرار دو ایک گھنٹے رہتی ہے اور جب ختم ہوتی ہے تو دونوں منہ پھلائے سونے کیلئے اپنے کمرے میں چلے جاتے ہیں۔

کبھی کبھی دو کو لڑانے میں بڑے شرارت آمیز حربے کا استعمال کیا جاتا ہے۔ وہ کیسے یہ بھی سن لیجیے۔ ہمسائے میں لڑکی کے رشتے کی بات چل رہی ہے۔ لڑکے والے لڑکی والوں سے ملنے آتے ہیں۔ یک لخت رام گوپال اپنی بیوی سے بلند آواز میں لڑنے لگتا ہے، وہ کہہ رہا ہے "اگر لڑکی میں نقص ہے تو تمھیں کیا لڑکے کی قسمت پھوٹے گی۔ تم کیوں خواہ مخواہ دوسروں

کی باتوں میں دخل دیتی ہو۔ ایک آنکھ سے کانی ہے تو کافی سہی آخر اس کی شادی تمہارے لڑکے سے تو ہو نہیں رہی اگر لڑکے والوں کو پسند ہے تو تمہیں کیا؟"

وہ ایک منٹ چپ رہنے کے بعد وہ پھر کہتا ہے "تم چپ رہو لڑکا اگر ایک ٹانگ سے لنگڑا تا ہے تو ہوا کرے ہمیں کیا۔ اگر لڑکی والے جان بوجھ کر لڑکی کو اندھے کنوئیں میں دھکا دے رہے ہیں تو دیا کریں ان کی لڑکی ہے جو چاہے سلوک کریں۔"

تھوڑی اور دیر بعد وہ یہ کہتے ہوئے سنا جاتا ہے "میں کیوں لڑکے والوں سے جا کر کہوں مجھے کیا لینا دینا ہے اگر وہ اپنے لڑکے کی زندگی تباہ کرنے پر تلے ہوئے ہیں تو میں کیا کر سکتا ہوں۔"

جب یہ باتیں لڑکے اور لڑکی والے سنتے ہیں تو ایک دوسرے کی طرف گھور گھور کر دیکھتے ہوئے کہتے ہیں یہ ہم کیا سن رہے ہیں۔

"تو اس کا مطلب ہے آپ ہمیں دھوکا دے رہے ہیں۔"

"آپ تو کہتے تھے لڑکی میں کوئی نقص نہیں۔"

"آپ بھی تو کہتے تھے لڑکے میں کوئی نقص نہیں۔"

"دیکھئے یہ رشتہ نہیں ہوگا!"

"آپ تشریف لے جائیے۔"

اور جب لڑکے والے اپنے کپڑے جھاڑتے ہوئے لڑکی والوں کے گھر سے نکلتے ہیں تو رام گوپال سرگوشی کے انداز میں اپنی بیوی سے کہتا ہے "کیوں کیسا الو بنایا دونوں کو دو کو لڑانا فن ضرور ہے لیکن خطرے سے خالی نہیں۔ اس کے لئے بڑی مشق کی ضرورت ہے اگر تھوڑی سی چوک ہو جائے تو لینے کے دینے پڑ جاتے ہیں۔ اس لئے

جب آپ دو کو لڑانے کی کوشش کریں تو اس بات کا خیال رکھیں کہ اس فن کا کمال اس میں ہے کہ دو کو لڑائیں اور نارو منی یا بی جمالو کی طرح خود صاف بچ کر نکل جائیں۔

پیر و مرشد

پطرس میرے استاد تھے۔ ان کی پہلی ملاقات تب ہوئی جب گورنمنٹ کالج لاہور میں ایم اے انگلش میں داخلہ لینے کیلئے ان کی خدمت میں حاضر ہوا۔ انٹرویو بورڈ تین اراکین پر مشتمل تھا۔ پروفیسر ڈکنسن (صدر شعبہ انگریزی) پروفیسر مدن گوپال سنگھ اور پروفیسر اے ایس بخاری۔ گھر سے خوب تیار ہو کر گئے تھے کہ سوالات کا کرارا جواب دے کر بورڈ کو مرعوب کرنے کی کوشش کریں گے۔ مگر بخاری صاحب نے ایسے سوال کئے کہ پسینے چھوٹنے لگے۔ جونہی کمرے میں داخل ہو کر آداب بجا لائے انھوں نے خاکسار پر ایک سرسری نگاہ ڈالتے ہوئے پوچھا: "آپ ہمیشہ اتنے ہی لمبے نظر آتے ہیں یا آج خاص اہتمام کر کے آئے ہیں؟" لاجواب ہو کر ان کے منہ کی طرف دیکھنے لگے۔

"آپ شاعر ہیں؟"

"جی نہیں۔"

"دیکھنے میں تو آپ مجنوں گورکھپوری نظر آتے ہیں۔"

پروفیسر مدن گوپال سنگھ کو مخاطب کرتے ہوئے فرمایا: "بہ خدا ان کی شکل خطرناک حد تک مجنوں گورکھپوری سے ملتی ہے۔" پھر میری جانب متوجہ ہوتے: "آپ کبھی مجنوں گورکھپوری سے ملے ہیں؟"

"جی نہیں۔"

"ضرور ملئے۔ وہ آپ کے ہم قافیہ ہیں۔"

پھر پوچھا: "یہ آپ کے سرٹیفکیٹ میں لکھا ہے کہ آپ کتابی کیڑے ہیں۔ جانتے ہو کتابی کیڑا کسے کہتے ہیں؟"

"جی ہاں، جو شخص ہر وقت مطالعہ میں منہمک رہتا ہے۔"

"کتابی کیڑا وہ ہوتا ہے جو کتاب کے بجائے قاری کو کھا جاتا ہے۔"

پروفیسر ڈکنسن نے بخاری صاحب سے دریافت کیا۔ "ان کے بی اے میں کتنے نمبر آئے تھے؟"

انھوں نے میرا ایک سرٹیفکیٹ پڑھتے ہوئے جواب دیا۔ "۳۲۹۔ فرسٹ ڈویژن۔"

"تو پھر کیا خیال ہے؟" پروفیسر مدن گوپال سنگھ نے پوچھا۔

بخاری صاحب نے مسکراتے ہوئے کہا۔ "داخل کرنا ہی پڑے گا۔ جو کام ہم سے عمر بھر نہ ہو سکا یہ وہ کر چکے ہیں۔"

پروفیسر ڈکنسن نے چونک کر پوچھا۔ "کون سا کام بخاری صاحب؟"

سگریٹ کا کش لگاتے ہوئے فرمایا۔ "یہی بی اے میں فرسٹ ڈویژن لینے کا۔"

دوسرے دن کلاس روم میں گئے۔ بخاری صاحب کا ان دنوں عالمِ شباب تھا۔ پینتیس سال کے قریب عمر ہوگی۔ دراز قد، گھنی بھنویں، سرخ و سفید رنگت، بڑی بڑی روشن آنکھیں، لمبوترا چہرہ، شکل و شباہت کے اعتبار سے وہ افغان یا ایرانی دکھائی دیتے تھے۔ ریشمی گاؤن پہن کر کلاس روم میں آتے تھے۔ حاضری لئے بغیر لیکچر شروع کیا کرتے۔ عموماً لیکچر سے پہلے اپنے عزیز شاگردوں سے دو ایک چونچلیں ضرور لڑا کرتے تھے۔ بلراج ساہنی (مشہور ہندوستانی اداکار) ان کا عزیز ترین شاگرد تھا۔ اکثر ایک آدھ فقرہ اس پر کستے تھے۔ "کیا بات ہے ساہنی، آج کچھ کھوئے کھوئے نظر آتے ہو۔ جانتے ہو

جب کوئی نوجوان اداس رہتا ہے تو اس کی اداسی کی صرف دو وجہیں ہوتی ہیں۔ یا وہ عشق فرمانے کی حماقت کر رہا ہے یا اس کا بٹوہ خالی ہے۔"

لیکچر کسی کتاب یا نوٹس کی مدد کے بغیر دیتے تھے۔ انگریزی کا تلفظ ایسا تھا کہ انگریزوں کو رشک آتا تھا۔ فرسودہ یا روایتی اندازِ بیان سے چڑ تھی۔ غلطی سے بھی کوئی عامیانہ فقرہ ان کی زبان سے نہیں نکلتا تھا۔ "ڈرامہ" پڑھانے میں خاص کمال حاصل تھا۔ "ہیملیٹ" پڑھا رہے ہیں تو چہرے پر وہی تاثرات پیدا کرلیں گے جو موقع محل کی عکاسی کرتے ہوں۔ "کنگ لیر" پڑھاتے تو معلوم ہوتا کہ طوفانوں میں گھرا ہوا بوڑھا شیر غرا رہا ہے۔ شیکسپیئر کے مشہور کرداروں کی تقریریں زبانی یاد تھیں، انھیں اس خوبی سے ادا کرتے کہ سامعین کو پھریری سی آجاتی۔

حافظہ غضب کا پایا تھا۔ اکثر جب کوئی نئی کتاب پڑھتے تو دوسرے دن کلاس روم میں اس کا خلاصہ اتنی صحت کے ساتھ بیان کرتے کہ لیکچر سننے کے بعد محسوس ہوتا کتاب انھوں نے نہیں ہم نے پڑھی ہے۔

ایک بار فرانسیسی فلسفی برگساں کی کتاب (مزاح) کی وضاحت کرتے وقت انہوں نے طنز و مزاح سے متعلق بہت دلچسپ باتیں بتائیں، فرمایا "صرف انسان ہی ہنسنے والا جانور ہے۔"

میں نے کہا "جناب بندر بھی تو ہنستا ہے۔"

ہنس کر فرمایا "کیونکہ وہ انسان کا جدِ امجد ہے۔"

بیان کو جاری رکھتے ہوئے فرمایا "ہنسنے کے لئے عقل کا ہونا ضروری ہے۔ یہی وجہ ہے کہ بیوقوف کو لطیفہ سنانا تضیع اوقات ہے۔ اگر ایک آدمی کیلے کے چھلکے سے

پھسل کر کیچڑ میں گر پڑے تو بھینس اس پر کبھی نہیں ہنسے گی۔ کیونکہ بھینس کے پاس عقل نہیں ہوتی تبھی تو یہ محاورہ ایجاد ہوا، عقل بڑی یا بھینس........ ہمدردی یا ترحم کا جذبہ ہنسی کے لیئے زہرِ قاتل کا درجہ رکھتا ہے۔ اگر کوئی شخص سائیکل چلاتے وقت گر پڑے تو آپ اس پر ہنسیں گے لیکن اگر اسے سخت چوٹ آئی ہو تو آپ کبھی نہیں ہنس سکیں گے۔ اگر ایک ریلوے گارڈ گاڑی چلنے سے پہلے ہر مسافر کو سخت سست کہے، کھڑکی سے باہر جھانکنے والے ہر بچے کو سرزنش کرے، ہر بوڑھے کو فہمائش کرے کہ اسے ڈبے میں فوراً داخل ہونا چاہیئے اور خود چلتی گاڑی میں سوار ہوتے وقت گر پڑے تو تمام مسافر قہقہے لگا کر اس کی بے بسی کا مذاق اڑائیں گے کیونکہ ان میں سے کسی کو اس کے ساتھ ہمدردی نہیں ہوگی۔

ایک ہی چیز المیہ اور طربیہ ہو سکتی ہے سوال صرف ہمدردی کا ہے۔ فرض کیجئے بھرے میلے میں کوئی شخص یہ اعلان کرے کہ میری بیوی کھو گئی ہے، کچھ لوگ اس پر ضرور ہنسیں گے یہ بات دوسروں کے نقطۂ نگاہ سے طربیہ اور خود اس شخص کے نقطۂ نظر سے المیہ ہے۔ مزاح بالکل اسی طرح تیار کیا جا سکتا ہے جیسے صابن یا خوشبودار تیل۔ فارمولا یہ ہے کہ دونوں چیزوں میں نامطابقت پیدا کر دیجئے۔ مثال کے طور پر یہ کہنے کی بجائے۔ ہم سخن فہم ہیں غالب کے طرفدار نہیں۔ یہ کہیئے ۔ ہم طرفدار ہیں غالب کے سخن فہم نہیں۔ مزاح پیدا ہو جائے گا۔

بخاری صاحب مزاحیہ تقریر کرنے کے فن میں امام کا درجہ رکھتے تھے۔ یہ سر عبد القادر کا دورِ زریں تھا۔ ہر ادبی مجلس میں کرسیِ صدارت اور سر عبد اللہ در لازم و ملزوم تھے یونیورسٹی ہال میں ایک ادبی مباحثہ ہو رہا تھا۔ موضوع زیرِ بحث (THE PROPER STUDY OF MANKIND IS WOMEN (صنفِ نازک ہی انسانی مطالعہ کا صحیح موضوع ہے) جب پروفیسر ڈلون

چند شعرا، ڈاکٹر خلیفہ شجاع الدین تقاریر کر چکے تو سر عبد القادر نے بخاری صاحب کو اسٹیج پر تشریف لانے کو کہا۔ سامعین ہمہ تن گوش ہو گئے کہ انھیں پوری توقع تھی اب ہنسی مذاق کے فوارے چھوٹیں گے۔ بخاری صاحب جھومتے جھامتے اسٹیج پر آئے۔ صاحبِ صدر کی طرف مسکرا کر دیکھا۔ سامعین پر ایک نگاہِ غلط انداز ڈالی اور فرمایا "صاحبِ صدر! میں بدقسمتی سے پروفیسر واقع ہوا ہوں۔ جس کالج میں پڑھاتا ہوں وہاں مخلوط تعلیم کا رواج ہے۔ میرا تجربہ ہے کہ کلاس روم میں طلباء کی توجہ کا مرکز صنفِ نازک ہی ہوتی ہے۔ کوشش کے باوجود بھی میں طلباء کو اپنی طرف متوجہ نہیں کر سکتا اور بسا اوقات مجھے صنفِ نازک پر رشک آنے لگتا ہے۔ صاف ظاہر ہے طلباء یہ نکتہ بخوبی سمجھتے ہیں۔ کہ صنفِ نازک ہی مطالعہ کا اصل موضوع ہے..... صاحبِ صدر! صنفِ نازک کے مطالعہ کے بغیر سائنس کا مطالعہ ناممکن ہے۔ کیا آپ مقناطیسیت کا مطالعہ صنفِ نازک کے بغیر مکمل سمجھیں گے جب کہ آپ جانتے ہیں کہ عورت سے زیادہ پرکشش ہستی خداوند تعالےٰ نے پیدا نہیں کی۔ کیا آپ حرارت کا مطالعہ کرنے میں عورت کو نظر انداز کر سکتے ہیں۔ جب آپ جانتے ہیں کہ محفلوں کی گرمی عورت کی موجودگی کی مرہونِ منت ہے۔ کیا آپ برقیات کا مطالعہ کرتے وقت عورت کو نظر انداز کر سکتے ہیں جب آپ کو معلوم ہے کہ حوا کی بیٹیاں بادل کے بغیر بجلیاں گرا سکتی ہیں..... صاحبِ صدر! صنفِ نازک آرٹ کے مطالعے کے لیے ناگزیر ہے۔ اگر لیونارڈو، رافیل اور مائیکل اینجلو نے عورت کے خط و خال کو قریب سے نہ دیکھا ہوتا تو کیا وہ ان لافانی تصاویر اور مجسموں کی تخلیق کر سکتے جن کا شمار عجائبات عالم میں ہوتا ہے۔ کیا کالی داس، شکنتلا کا، شیکسپیئر، روزالنڈ کا، اور دانتے، بیترس کا تصور بھی ذہن میں لا سکتے اگر انھوں نے صنفِ نازک کے مطالعے میں شب و روز نہ گزارے

ہوتے...... صاحبِ صدر! صنفِ نازک نے موسیقاروں سے ٹھمریوں اور دادروں، شاعروں سے مثنویوں اور غزلوں اور رقاصوں سے کتھک اور کتھا کلی کی تخلیق کرائی۔ اگر آج فنونِ لطیفہ ختم ہو رہے ہیں تو اس کی وجہ یہ ہے کہ ہم مطالعہ کے اصلی موضوع سے بھٹک گئے ہیں۔ ہم ان چیزوں کا مطالعہ کر رہے ہیں جن سے بجلی کے پنکھے، سستی ڈیی فلمیں، اور اکسیر جنبل تو معرضِ وجود میں آ سکتی ہے لیکن "میگھ دوت"، "تائیس" اور "منی پور رقص" کی توقع کرنا بیکار ہے۔"

مرحوم تقریر نہیں سحر کیا کرتے تھے۔ ان کی ساحری کا ایک واقعہ مجھے یاد ہے۔ ۱۹۳۲ء میں انہوں نے اپنے ایک عزیز شاگرد پروفیسر آر۔ ایل مہتا کے اصرار پر ڈی اے وی کالج لاہور میں گالزوردی کے ناول (A MAN OF PROPERTY) پر لیکچر دیا۔ پروفیسر مہتا ان دنوں ڈی اے وی کالج میں ملازم تھے۔ مارچ کا مہینہ تھا۔ مطلع ابر آلود تھا ہلکی ہلکی پھوار پڑ رہی تھی۔ لاہور کے کالجوں کے سینکڑوں طلبا و طالبات لیکچر سننے کے لئے ڈی اے وی کالج کے سائنس تھیئٹر میں اکٹھے ہوئے۔ بخاری صاحب نے لیکچر کی تمہید اس فقرے سے کی "خواتین و حضرات! ڈی اے وی کالج میں یہ میرا پہلا اور آخری لیکچر ہے۔ وجہ یہ کہ اس کالج کے طلبا کا انگریزی کا تلفظ اتنا عجیب واقع ہوا ہے کہ جب وہ مجھے انگریزی میں بولتے سنیں گے تو یہ سمجھیں گے کہ میں انگریزی کی بجائے فرانسیسی یا جرمن میں تقریر کر رہا ہوں۔"

مرحوم کو انگریزی فکشن پر حیرت انگیز عبور حاصل تھا۔ جب وہ گالزوردی کے ناول کی وضاحت کر رہے تھے تو معلوم ہوتا تھا کہ خود مصنف اپنی تخلیق کا تجزیہ کر رہا ہے۔ طلبا ان کے لیکچر کے نوٹس لے رہے تھے۔ بخاری صاحب کی فصاحت اور بلاغت کا یہ عالم تھا کہ وہ ایک خوب صورت فقرے کے بعد دوسرا وضع کرتے چلے جاتے تھے اور طلبا

تذبذب میں پڑ جاتے کہ کون سا فقرہ نوٹ کریں اور کون سا نظر انداز کریں۔ یک لخت باہر بارش تیز ہو گئی۔ بجلی ایک دم جو زور سے کڑکی تو کمرے کی تمام بتیاں گل ہو گئیں۔ بخاری صاحب نے سلسلۂ تقریر منقطع کرنا مناسب نہیں سمجھا۔ گھپ اندھیرے میں اپنے اسی انداز میں تقریر کرتے رہے اور طلباء اندھیرے میں ان کے فقرے نوٹ کرنے کی کوشش میں محو رہے۔ کہیں بھی شور و غل، چیخ و پکار کی آواز نہیں آئی۔ کمرے میں مکمل سناٹا تھا۔ کوئی دس پندرہ منٹ کے بعد بتیاں روشن ہوئیں۔ بخاری صاحب نے ایک خفیف مسکراہٹ کے ساتھ ان کا خیر مقدم کیا اور تقریر جاری رکھی۔ اس تقریر کے سننے کے بعد اکثر طلباء کا یہ ردِ عمل تھا کہ جو باتیں ان کے اپنے پروفیسر دو سال میں نہیں بتا سکے وہ بخاری صاحب نے ایک گھنٹہ کے دوران میں بتا دیں۔ اسی تقریر سے متعلق مجھے ان کا ایک فقرہ یاد ہے۔ فرمایا، ''مشہور انگریز نقاد ڈاکٹر بیکر نے انگریزی ناول پر آٹھ جلدیں لکھی ہیں جن کا مجموعی وزن کوئی چار سیر ہوگا۔ ایک اور انگریزی نقاد جے بی پریسٹلے نے ناول پر ایک کتابچہ لکھا ہے جس کا وزن چار تولے ہوگا۔ میری رائے میں اگر بیکر کی تمام جلدیں ایک پلڑے میں رکھ دی جائیں اور پریسٹلے کا کتابچہ دوسرے میں تو یقیناً پریسٹلے کا پلڑا بھاری رہے گا!''

سناتن دھرم کالج میں ایک ادبی مباحثہ ہوا۔ بخاری صاحب وہاں صاحبِ صدر کی حیثیت سے موجود تھے۔ موضوع زیرِ بحث تھا، ''عورت تیرا نام کمزوری ہے''۔ لاہور کے بہترین مقرر اس مباحثے میں حصہ لے رہے تھے۔ ان میں سے اکثر یورپ کی سیر کر چکے تھے۔ انھوں نے اپنی تقاریر میں یورپین عورتوں کو خاص طور پر آڑے ہاتھوں لیا۔ کچھ نے ہندوستان کی تاریخ سے مثالیں دے کر ثابت کیا کہ عورت نے ہر گام پر مرد کو دھوکا دیا ہے۔ سکھ مہارانی ''جنداں'' کا ذکر کیا گیا۔ حوا کی کمزوری کی طرف بھی بار بار اشارے کیے گئے۔ بحث کے اختتام پر بخاری صاحب نے فرمایا: ''میں نے مخالفین کے دلائل بڑے غور

سے سُننے میں سمجھتا ہوں کہ ان کے دلائل صحیح اور نتائج غلط ہیں۔ اگر یہ ٹھیک ہے کہ عورت مرد کو ہمیشہ گمراہ کرتی رہی ہے تو میرے خیال میں یہ مرد کی کمزوری اور عورت کی شہ زوری ہے —— حالانکہ میں نے بھی یورپ کی سیر کی ہے لیکن عورتوں سے متعلق میرا تجربہ اتنا وسیع نہیں جتنا میرے چند دوستوں کا جنھوں نے یورپین عورتوں کی کمزوری کا بیان چٹخارے لے لے کر کیا —— کہا گیا ہے کہ یورپ میں عورت شکاری اور مرد شکار ہے۔ اگر یہ صحیح ہے تو ہمیں ہر شیر اور ہر عقاب کو کمزور سمجھنا چاہیئے۔ دراصل بات یہ ہے خدا پنج انگشت یکساں نہ کرد۔ نہ عورت کانچ کی چوڑی ہے اور نہ مرد فولاد کا پنجہ۔"

بخاری صاحب اپنے طلبا میں تنقیدی شعور پیدا کرنے میں ہمیشہ کوشاں رہتے تھے۔ رٹے رٹائے فقروں سے انھیں بہت نفرت تھی۔ ادھر کسی طالب علم نے کسی مشہور نقاد کے قول کا حوالہ دیا ادھر جھٹ انھوں نے پھبتی کسی ؂

منصور کے پردے میں خدا بول رہا ہے

"آج حضرت یہ فرمان تو اے سی بریڈلے کا ہے۔ خاکسار بریڈلے کی نہیں آپ کی رائے دریافت کرنا چاہتا ہے۔" جب ہمارا پہلا سہ ماہی امتحان ہوا تو میں نے اپنے پرچے میں متعدد مشہور نقادوں کے فقرے نقل کر دیئے۔ بخاری صاحب نے مجھے "صفر" نمبر عطا کرتے ہوئے پرچے کے سرورق پر لکھا "آپ کا سارا پرچہ واوین میں ہونا چاہیئے۔ آپ نے جگہ جگہ ایف ایل لُوکس اور پروفیسر کلر کوچ کے اقوال نقل کر دیئے ہیں۔ یہ دونوں کیمبرج میں میرے استاد تھے۔ یقیناً میں اس قابل نہیں کہ اپنے استادوں کا ممتحن بن سکوں۔ مجھے تو آپ کا امتحان لینا ہے۔"

کلاس روم میں کبھی کبھی جان بوجھ کر الٹی بات کہہ دیتے۔ ساری کلاس پنجے جھاڑ کر ان کے پیچھے پڑ جاتی۔ وہ ہر معترض کو ایسا دنداں شکن جواب دیتے کہ بے چارہ بغلیں

جھانکنے لگتا۔ سارا پیریڈ بحث مباحثہ میں گزر جاتا۔ سب کو قائل کرنے کے بعد فرماتے "یہ بات میں نے صرف اشتعال دلانے کے لئے کہی تھی ورنہ اس میں کون کافر شک کر سکتا ہے کہ شکسپیئر بہت بڑا فن کار ہے۔"

بحث مباحثے کے پیریڈ میں جہاں طلبا کی تعداد تھوڑی ہوتی تھی وہ ہر طالب علم پر جرح کیا کرتے تھے۔ ایسی کڑی جرح کہ طلبا کے چہروں پر ہوائیاں اڑنے لگتیں۔ خون خشک ہو جاتا۔ ایک دفعہ مجھ سے پوچھا "آپ نے اپنے جواب مضمون میں لکھا کہ ٹینی سن کے کلام میں موسیقیت کا عنصر بدرجہ اتم موجود ہے۔ موسیقیت سے آپ کی کیا مراد ہے؟"

"موسیقیت سے میرا مطلب یہ ہے کہ ٹینی سن کا کلام پڑھتے وقت ایک دل کش لَے یا تال کا احساس ہوتا ہے۔"

"لَے یا تال کیا چیز ہے؟"

"آواز کا اتار چڑھاؤ۔"

"ٹینی سن کے کسی مصرعہ کا حوالہ دے کر بتلایئے۔"

میں نے گھبراہٹ کے عالم میں یونہی ایک مصرع پڑھ دیا۔ فرمانے لگے "یہ تو اتنا کرخت ہے کہ اس کے مقابلے میں کوّے کی آواز زیادہ سریلی معلوم ہوگی۔ کہیں یہ بات تو نہیں کہ آپ موسیقی اور شور و غل کو ہم معنی سمجھتے ہیں۔"

اس پیریڈ میں اکثر ہندوستانیوں کی عادات پر دلچسپ تبصرہ کیا کرتے تھے۔ "ہم ہندوستانی بھی تین لوک سے نیارے ہیں۔ انگلینڈ میں اگر کسی کے گھر موت واقع ہو جائے تو کانوں کان خبر نہیں ہوتی۔ یہاں کسی کا دور دراز کا رشتہ دار اللہ کو پیارا ہو جائے تو ساری رات دھاڑیں مار مار کر ہمسایوں کے علاوہ گلی محلہ والوں کی نیند حرام کر دیتا ہے۔

• شور و غل کا ہماری زندگی میں کتنا دخل ہے۔ انگلینڈ اور فرانس میں سڑک پر چلتے ہوئے لوگ اتنی دھیمی آواز میں باتیں کرتے ہیں گویا کانا پھوسی کر رہے ہوں۔ ہم ہندوستانی "مدھم" کی بجائے "پنجم" میں باتیں کرنے کے عادی ہیں بلکہ ہم بولتے نہیں چلاتے ہیں

• ہم ہندوستانی جب تقریر کرتے ہیں تو یوں معلوم ہوتا ہے جیسے گھر والوں سے لڑ کر آئے ہیں اور سامعین پر اپنا غصہ اتار رہے ہیں۔ ستم ظریفی کی انتہا یہ ہے کہ ماتمی قرارداد بھی ہم اس انداز میں پیش کرتے ہیں جیسے ہمسایہ ملک سے اعلانِ جنگ کر رہے ہوں

• مبالغہ آمیزی ہماری طبیعت کا شعار بن چکی ہے۔ یہاں ہر کانفرنس "آل انڈیا" یا بین الاقوامی، ہوتی ہے۔ چاہے شرکت کرنے والوں کی تعداد ایک درجن کیوں نہ ہو.... چند دن ہوئے میں نے موچی دروازے کے اندر ایک دکان دیکھی جس میں ایک ٹوٹا ہوا ہارمونیم اور خستہ حال طبلہ پڑا تھا۔ سائن بورڈ پر لکھا تھا "انٹرنیشنل اکیڈمی آف میوزک اینڈ ڈانسنگ"

"ہندوستانی موسیقی میں سوز ہے جوش نہیں۔ کیمبرج میں ایک بار میں نے اپنے استاد کلر کپچ کو پکے گانوں کے چھ سات ریکارڈ سنوائے اس کے بعد ان کی ہندوستانی موسیقی کے بارے میں رائے دریافت کی۔ نہایت سنجیدگی سے کہنے لگے "بور کرنے کے لئے ایک ہی ریکارڈ کافی تھا۔ آپ نے چھ سات سنوانے کا خواہ مخواہ تکلف کیا"

بخاری صاحب سے آخری ملاقات جون، ۱۹۴۷ء میں ہوئی۔ تب وہ آل انڈیا ریڈیو کے ڈائریکٹر کے عہدے سے سبکدوش ہو کر گورنمنٹ کالج لاہور کے پرنسپل مقرر ہو چکے تھے۔ بڑے تپاک سے ملے فرمانے لگے "آپ ڈی اے وی کالج میں یونہی وقت ضائع کر رہے ہیں۔ غیر ادبی ماحول میں رہنا ذہنی خودکشی کے مترادف ہے۔ میں جلد ہی

آپ کو گورنمنٹ کالج میں لانے کی کوشش کروں گا۔ ان دنوں تحریکِ پاکستان اپنے شباب پر تھی۔ کسی پروفیسر نے کہا اگر پاکستان بن گیا تو ہم کپور کو ہندوستان نہیں جانے دیں گے۔ البتہ انھیں مشرف بہ اسلام ہونا پڑے گا۔ بخاری صاحب نے چونک کر فرمایا۔" پہلے ہم اور آپ تو مشرف بہ اسلام ہو لیں اس غریب کی باری تو بعد میں آئے گی۔ آخر ہم اور آپ میں کون سی مسلمانی رہ گئی ہے۔"

آل انڈیا ریڈیو کا تذکرہ چھڑا کہنے لگے۔" ایک بار میرے متعلق پارلیمنٹ میں کہا گیا کہ میں دوست پرور ہوں۔ میں نے آل انڈیا ریڈیو میں اپنے دوست اور شاگرد اکٹھے کر رکھے ہیں۔ میں نے اخبارات میں ایک بیان دیا جس میں کہا کہ یہ الزام سو فی صدی درست ہے مگر اب اس کا کیا کیا جائے کہ بدقسمتی سے میرے تمام شاگرد اور احباب قابل ترین اشخاص واقع ہوئے ہیں اور قابل دوست یا شاگرد جاہل دشمن سے ہمیشہ اچھا ہوتا ہے۔"

بخاری صاحب ساٹھ اکسٹھ برس کی عمر میں ہمیں داغِ مفارقت دے گئے۔ ان کا مقبرہ دیارِ غیر میں بنا۔ ہندوستان اور پاکستان سے اتنی دور کہ ان کے شاگرد اور عقیدتمند اس پر آنسو بہانے یا شمع جلانے کی سعادت بھی حاصل نہیں کر سکتے، لیکن فہم و فراست کی شمعیں جو وہ خود جلا گئے ان کی روشنی ابدی ہے۔ ان کی دین صرف مضامینِ پطرس نہیں ان کی اصل دین ان کے وہ مایۂ ناز شاگرد ہیں جنھوں نے ادب اور فن میں نئی راہیں نکالیں اور جنھیں اپنے "پیر و مرشد" پر جسدِ خاکی کی آخری سانس تک فخر رہے گا۔

مقفل صاحب

صبح سویرے ابھی منہ ہاتھ دھویا تھا کہ دروازے پر دستک ہوئی۔ پتا چلا کہ مقفل صاحب نازل ہوئے ہیں۔ کہنے کو تو آپ مقفل ہیں لیکن عادات یا اعمال کا جائزہ لیا جائے تو کسی قاتل سے کم معلوم نہیں ہوتے۔ ایک بار کسی مشاعرے میں یونہی ان کا جی رکھنے کیلئے داد دے بیٹھے تھے بس اس دن سے لٹھ یعنی بیاض اٹھائے ہمارے پیچھے پھر رہے ہیں... ایک شعر آجاتے ہیں تو جانے کا نام نہیں لیتے۔ بسا اوقات تو یہ شک ہونے لگتا ہے کہ وہ صاحبِ خانہ اور ہم مہمان ہیں۔ آداب عرض ہے قبلہ کے بعد ہمیشہ ایک فاتحانہ مسکراہٹ کے ساتھ فرماتے ہیں "خدا کا شکر ہے آپ گھر پر ہی ہیں۔ رات ایک غزل ہو گئی تھی اور غزل بھی قبلہ اس پائے کی کہ سنیں گے تو پھڑک اٹھیں گے۔ آپ زیادہ مصروف تو نہیں؟"

تمہید باندھنے کے بعد کرسی یا صوفے پر دراز ہو جاتے ہیں اور قبلہ ترنم کیا ہے کی تسبیح پھیرنے لگتے ہیں۔ ہر شعر دو بارہ بلکہ سہ بارہ پڑھتے ہیں اور جب تک داد وصول نہ کر لیں معاف نہیں کرتے۔ ستم یہ کہ ترنم سے پڑھتے ہیں حالانکہ گلا ایسا پایا ہے کہ آپ پہ پہاڑی کوے کا گمان ہی نہیں یقین ہو جاتا ہے۔

چنانچہ آج جب کہ جل تو جلال تو، آئی بلا کو ٹال تو، کا وظیفہ پڑھتے ہوئے دروازہ کھولا تو مقفل صاحب معمول سے زیادہ خوش نظر آئے۔ کہنے لگے "قبلہ ویسے تو آپ کو سینکڑوں غزلیں سنا چکا ہوں، لیکن اس غزل کی شان ہی اور ہے۔ ندرت بیان ملاحظہ فرمایئے اور دل کھول کر داد دیجئے۔" بادل نخواستہ انہیں تشریف رکھنے کو کہا اور سوچنے لگے اگر

آواگون کا مسئلہ صحیح ہے تو ضرور پچھلے جنم میں کوئی ناقابل معافی گناہ کیا تھا کہ اس جنم میں مقتل صاحب سے واسطہ پڑا۔ انھوں نے ہماری گھبراہٹ کو کچھ کچھ بھانپتے ہوئے فرمایا۔ "کیا بات ہے آج کچھ کھوئے کھوئے سے نظر آرہے ہیں؟ معلوم ہوتا ہے رات نیند نہیں آئی۔ واللہ میر نے کیا خوب کہا ہے ؎

مجھ غم زدہ کو نیند نہ آئی تمام رات

لیکن اس موضوع پر امیر مینائی کا شعر بے نظیر ہے فرماتے ہیں ؎

کباب سیخ ہیں ہم کروٹیں ہر سو بدلتے ہیں
جو جل اٹھتا ہے یہ پہلو تو وہ پہلو بدلتے ہیں

"کباب سیخ" کی ترکیب پر غور فرمائیے اور دیکھیے کتنی مکمل تشبیہہ دی ہے۔ خاکسار نے بھی اسی رنگ میں ایک شعر کہا تھا۔ بہت عمدہ شعر تھا۔ کانپور کے مشاعرے میں تین بار پڑھوایا گیا۔ لیکن افسوس اس وقت یاد نہیں آرہا ہے۔ وہ شعر تھا.... کیا تھا.... ہاں یاد آگیا ؎

سونا چاہیں تو سو نہیں سکتے
رونا چاہیں تو رو نہیں سکتے

سلاست زبان کی داد چاہتا ہوں۔ دیکھیے کتنا صاف شعر ہے۔"

مقتل صاحب یہ سب کچھ ایک سانس میں کہہ جاتے ہیں اور ہم دل ہی دل میں سوچتے ہیں ان کا شعر اس قسم کا ہے جس پر اگر نہ بھی رونا چاہیں تو بڑی آسانی سے رو سکتے ہیں بلکہ سر بھی پیٹ سکتے ہیں۔

اب آمدم بر سر مطلب والا معاملہ شروع ہوتا ہے۔ "قبلہ پہلے اس غزل کی شان نزول ملاحظہ فرمائیے، چند دن ہوئے خاکسار ایک مجلس وعظ میں چلا گیا، یونہی غلطی سے

ورنہ آپ جانتے ہیں بندہ ضعیف الاعتقاد نہیں۔ وہاں ایک بزرگ سے ملاقات ہوئی انھوں نے فرمایا کہ بہت جلد اللہ کو پیارے ہونے والے ہیں، میں نے انھیں ایک خاندانی نسخہ بتایا اور کہا۔ ایک دفعہ استعمال کر کے دیکھیے اگر آپ ؎

"ابھی تو میں جوان ہوں"، نہ گنگناتے پھریں تو مقتل نام نہیں وہ آبدیدہ ہو کر کہنے لگے ؎

نازکی اس کے لب کی کیا کہیے

پنکھڑی اک گلاب کی سی ہے

قبلہ جونہی انھوں نے یہ شعر پڑھا مجھے غزل کا موضوع سوجھ گیا، میں نے سوچا کیوں نہ اس پر طبع آزمائی جائے۔ ساری رات فکرِ سخن میں کاٹی۔ صبح پانچ بجے مطلع ہوا اور ساڑھے پانچ بجے آپ کی خدمت میں حاضر ہو گیا۔ عرض کیا ہے۔"

"ارشاد" ہم مری ہوئی آواز میں کہتے ہیں۔

"مطلع عرض کرتا ہوں۔

آہ کیسے فلک پہ جائے گی جا کے پھر واں سے کیسے آئے گی"

ہم مذاقاً کہتے ہیں "ظاہر ہے مقتل صاحب کہ راکٹ کے بغیر آہ نہ فلک پہ جا سکتی ہے اور نہ جانے کے بعد وہاں سے واپس آ سکتی ہے۔"

مقتل صاحب ایک کھسیانی مسکراہٹ کے ساتھ فرماتے ہیں "قبلہ آپ تو مذاق کرنے لگے۔ ذرا سنجیدگی سے شعر کی باریکیوں کو سمجھنے کی کوشش کیجیے، نیا خیال باندھا ہے داد چاہتا ہوں۔"

"واقعی اچھوتی بات پیدا کی ہے اور لطف یہ کہ "کیسے" کی تکرار گراں نہیں گزرتی۔"

"جی ہاں" مقتل صاحب کرسی میں اچھل کر فرماتے ہیں یہی تو اس شعر کی خوبی ہے

ذرا دیکھیے نا ؎ آہ کیسے فلک پہ جائے گی
جا کے پھر واں سے کیسے آئے گی

"کیسے کی تکرار نے الٹا شعر کو کہاں سے کہاں پہنچا دیا ہے۔"

"بہت خوب مقتل صاحب۔"

"آداب عرض۔ شعر عرض کرتا ہوں ؎

ہم تو جائیں گے خیر مقتل میں آپ کی یاد بھی تو جائے گی"

"سبحان اللہ۔ کمال کر دیا مقتل صاحب مطلع کے فوراً بعد ہی مقطع۔ میرے خیال میں یہ آپ کی مختصر ترین غزل ہے۔"

"نہیں قبلہ! آپ کو غلط فہمی ہوئی۔ یہ مقطع ہرگز نہیں۔ مقتل اس شعر میں بطور تخلص استعمال نہیں ہوا۔ مقطع تو اٹھارہ اشعار کے بعد آئے گا۔ ہاں داد تو دیجیے نا اس شعر کی۔"

"اچھا شعر ہے۔"

"اچھا نہیں صاحب! بہت اچھا کہیے۔ شاید آپ نے غور سے نہیں سنا۔ ایک بار پھر پڑھ دیتا ہوں ؎ ہم تو جائیں گے خیر مقتل میں
آپ کی یاد بھی تو جائے گی

ملاحظہ فرمایا آپ نے یاد کا مضمون کتنا فرسودہ ہو چکا ہے لیکن اس شعر میں اپنی تمام تر تازگی اور رعنائی کے ساتھ رونما ہوا ہے۔"

اس شعر کے بعد وہ اسی قبیل کے سولہ اشعار سناتے ہیں اور ہر شعر کے بعد داد طلب نگاہوں سے ہماری طرف دیکھتے ہیں۔ ہم بار بار گھڑی کی طرف دیکھ رہے ہیں کہ ممکن

ہے اشارہ سمجھ جائیں اور ہمیں بخش دیں۔ لیکن وہ بھی کچی گولیاں نہیں کھیلے۔ ہماری توجہ مبذول کرانے کے لئے ہمارا شانہ جھنجھوڑ جھنجھوڑ کر کہتے ہیں۔ "داد دیجئے نا صاحب! یہ شعر تو آپ کی توجہ کا خاص مستحق ہے۔"

خدا خدا کر کے غزل ختم ہوتی ہے۔ ہم پندرھویں بار گھڑی کی طرف دیکھتے ہیں۔ "اچھا مقتل صاحب ہمیں لیکچر تیار کرنا ہے اب آپ آرام کیجئے۔"

وہ جواب میں فرماتے ہیں۔ "بس ایک نظم اور سن لیجئے۔ اس کے بعد میں خود ہی اجازت چاہوں گا۔"

"بہت طویل تو نہیں"؟

"اجی کہاں۔ صرف سولہ بند ہیں اور وہ بھی بیس بیس اشعار کے۔"

"گستاخی معاف، پھر کبھی سہی، اس وقت فرصت ذرا کم ہے۔"

"آپ تو خواہ مخواہ گھبرا رہے ہیں۔ میری خاطر صرف چند منٹ کی زحمت گوارا کر لیجئے۔ دیکھئے کبھی کبھار تو آپ گھر پر ملتے ہیں اور پھر اگر آپ ایسے سخن فہم کو نہ سناؤں تو کسے سناؤں۔ آخر چمن تنبولی کو تو سنانے سے رہا۔"

ہمیں چمن تنبولی پر رشک سا آنے لگتا کہ وہ سخن فہم نہیں صرف پان فروش ہے۔ طوعاً و کرہاً مقتل صاحب کی طویل نظم جو شاید "چینڈول" یا "چنڈال" پر لکھی گئی ہے سننے لگتے ہیں۔ ساتھ ہی یہ خیال ستا رہا ہے۔ "آج اگر لیکچر تیار کئے بغیر کلاس روم میں چلے گئے تو بڑی خفت اٹھانی پڑے گی۔" نظم کے خاتمے پر اطمینان لیتے ہیں مگر مقتل صاحب یہ کہہ کر "اس نظم کا دوسرا باب شام کو سنائیں گے" سارا مزا کرکرا کر دیتے ہیں۔

اس شام کو کسی دوست کے ہاں پناہ لینا پڑتی ہے اور وہ ساری شامیں۔

بے اختیار یاد آجاتی ہیں جو مقتل صاحب سے بچ نکلنے کے لیے ہم نے عجیب و غریب مقامات پر گزاریں لیکن اکثر احتیاط اور کوشش کے باوجود پکڑے گئے۔ مثلاً ایک شام جب ہم انھیں سامنے سے آتے ہوئے دیکھ کر اپنے دھوبی کے گھر جا گھسے تو انھوں نے شب خون مار کر ہمیں وہاں سے برآمد کیا اور اپنے گھر لے جا کر آٹھ رباعیاں، بارہ قطعے اور چھ غزلیں سنائیں اور پھر وہ شام جب ہم میونسپل پارک میں ٹہل رہے تھے کہ یک لخت ایک جھاڑی کے پیچھے سے وہ نمودار ہوئے اور فرمایا ؎

جلوے مری نگاہ میں کون و مکاں کے ہیں
بچ جائیں گے کہاں پردہ ایسے کہاں کے ہیں

اور ایک نہ دو اکٹھی چار طویل نظمیں سنائیں۔

اکثر تنہائی میں جب اپنی بے بسی پر غور کرتے ہیں تو اس نتیجہ پر پہنچتے ہیں کہ مقتل صاحب سے نجات حاصل کرنے کا صرف ایک ہی طریقہ ہے یا تو اپنے خرچ پر انھیں ایک مستقل سامع بہم پہنچائیں یا ایک رات یہ شہر چھوڑ کر کسی دوسرے میں جا بسیں۔ پھر خیال آتا ہے اگر مقتل صاحب وہاں بھی آدھمکے تو پھر کیا کریں گے۔

میاں اور مرزا

آپ سے ملیے۔ آپ ہیں میاں ہر دلعزیز۔ عمر پچپن کے قریب بال کھچڑی، چہرہ سرخ و سفید، پیشہ کے لحاظ سے بیک وقت عطار، طبیب اور ملک الموت۔ محلے میں واحد شخص ہیں جنہیں بزرگوں اور نوجوانوں کا اعتماد حاصل ہے۔ ہر عورت سے مسکرا کر بات کرنا اور ہر فریادی کی چارہ سازی کرنا اپنا فرض سمجھتے ہیں۔ کسی بہو نے اپنی ساس کے خلاف شکایت کی تو انھوں نے اس کی ہاں میں ہاں ملاتے ہوئے فوراً کہا: "بیٹا تم ٹھیک کہتی ہو۔ میرا بھی خیال ہے کہ بڑھیا سٹھیا گئی ہے۔ اُسے اب گھر بار تمہارے سپرد کر کے ہردوار چلا جانا چاہیئے۔ غضب خدا کا تمہاری ایسی نیک طینت بہو کے منہ آتی ہے، اس بے سمجھ کو کیا معلوم دیر سے اٹھنا صحت کے لئے کتنا مفید ہے۔ بس اتنی سی بات پر تمھیں سخت سست کہنے لگی۔ اچھا بیٹیا گھبراؤ نہیں خدا کے یہاں دیر ہے اندھیر نہیں۔" ساس نے بہو کا شکوہ کیا تو فرمایا "بڑی بی خدا جانے نئی پود کو کیا ہو گیا ہے، بزرگوں کا احترام کرنا تو اس نے سیکھا ہی نہیں۔ ورنہ تمہاری ایسی نیک خصلت ساس کے بہو کو پاؤں دھو دھو کر پینے چاہئیں۔ بھلا یہ بھی کوئی بات ہے کہ دو سال کے بعد میکے جانا چاہتی ہے۔ آخر سسرال میں اسے کیا تکلیف ہے۔ شریفوں کی بہوؤں کو آئے دن میکے جانا زیب نہیں دیتا۔ بس اتنی سی بات پر روٹھ گئی۔ خیر یہ تم نے اچھا کیا کہ اسے منانے کی کوشش نہیں کی۔ لاڈ دلار سے بہوئیں بگڑ جاتی ہیں۔"

میاں صاحب کی دکان پر ہر وقت ان لوگوں کا تانتا بندھا رہتا ہے جن کی نوت

متخیلہ ذرا کمزور ہوتی ہے۔ یہ ہمیشہ ہر ایک شخص کو نیک اور مفید مشورہ دے کر اس کی رہنمائی کرتے ہیں: "کیوں میاں صاحب کوئلے کی دکان کھولنے کا ارادہ ہے آپ کا کیا خیال ہے؟"

"بڑی منافع بخش تجارت ہے صاحب ضرور کھولیے۔ دیکھیے نا کوئلہ تو ایک ایسی چیز ہے جس کے بغیر آگ کا تصور ہی ناممکن ہے۔ کوئلہ کی دکان تو سونے کی کان ہے۔ مہینوں میں وارے نیارے ہو جائیں گے۔" اس شخص نے تین چار دن کے بعد کاروباری شکایت کی تو میاں صاحب نے نہایت سنجیدگی کے ساتھ فرمایا "صاحب کسی نے یونہی تو نہیں کہا کوئلہ کی دلالی میں منہ کالا۔ آپ ٹھہرے رئیس ابن الرئیس۔ آپ بھلا کوئلہ کیسے بیچیں گے۔"

"چونے کی دکان کے متعلق کیا خیال ہے؟"

"چونے کی دکان! سبحان اللہ۔ بات ہوئی نا۔ کم از کم دکان اجلی اجلی تو نظر آئے گی۔ میری مانیے تو آج ہی بسم اللہ کر ڈالیے۔"

"لیکن میاں صاحب رئیسوں کے لیے یہ کام بھی ٹھکانے کا نہیں۔"

"جی ہاں! یہ تو بجا فرمایا آپ نے۔ اب دیکھیے نا لوگ کیا کہیں گے کہ خان بہادر شیخ کریم بخش کا پوتا چونا بیچ رہا ہے۔ آخر وضعداری بھی تو کوئی چیز ہے اور پھر اس بیوپار میں منافع کی بھی گنجائش نہیں۔ کم از کم ہم نے کسی چونا بیچنے والے کو پھلتے پھولتے نہیں دیکھا۔ بیشتر تو سال چھ مہینے میں دیوالیہ ہو گئے۔ یہ کام تو گھٹیا درجے کے لوگوں کا ہے۔ یعنی وہی بڑوں کی دکان نہ کھولی چونا بیچنے لگے۔"

میاں صاحب یہ نکتہ بخوبی سمجھتے ہیں کہ دنیا میں ہر شخص تنقید کا نہیں ہمدردی کا طالب ہے۔ اس لیے کبھی ایسی بات نہیں کرتے جس سے کسی کے دل کو ٹھیس لگے۔ اسماعیل سے کہیں گے: "اجی آج کل کے شاگرد تو بڑے منہ پھٹ اور بے ادب واقع ہوئے

ہیں۔ اگلے وقتوں میں استادوں کی چلمیں بھرا کرتے تھے۔ اب ان کے پیچھے لٹھ اٹھائے پھرتے ہیں۔ ادب تک تو بجا نہیں لاتے اور ان سے کسی بات کی توقع کیا کی جائے۔" شاگردوں سے کہتے ہیں۔ "عزیزو! اب استاد ہی کہاں رہے جن کی عزت کی جاتی تھی۔ پڑھے نہ لکھے نام محمد فاضل والا معاملہ ہے۔ علمیت کا تو گویا جنازہ نکل گیا ہے۔ بھلا ان کی عزت افزائی کی جائے تو کس لئے کہ غلط انگریزی لکھتے اور بولتے ہیں؟"

آپ شاید پوچھنا چاہیں گے کہ میاں صاحب کو اس ہردلعزیزی سے کیا کیا فائدے پہنچے ہیں تو صاحب ایک تو ان کی دکان خوب چلتی ہے اور دوسرے انھیں قابل ترین طبیب سمجھا جاتا ہے اور تیسرے ہر میونسپل الیکشن میں اپنی گرہ سے ایک پیسہ خرچ کئے بغیر وہ کامیاب ہوتے ہیں اور سب سے بڑا فائدہ یہ کہ پچھلے پانچ سال میں انھوں نے چار مکان اور تین حویلیاں کھڑی کرلی ہیں جن سے اتنا کرایہ وصول ہوتا ہے کہ چاہیں تو محلہ بھر کو خرید لیں۔

(۲)

اور اب ان سے ملئے۔ ان کا اسم گرامی مرزا شریف ہے۔ آپ طبعاً، عادتاً، قولاً، فعلاً شریف واقع ہوتے ہیں۔ ان کے نزدیک آوارہ کتے تک کو دھتکارنا گناہ ہے۔ "جانے دیجئے بے چارہ کتا ہی ہے۔ مزید کیوں توہین کرتے ہو۔" نہ کسی کو نہیں کرتے کہتے ہیں "نہ کا لفظ شریفوں کی لغات میں نہیں ہوتا۔" چنانچہ اگر کوئی خاتون ان سے کہتی ہے کہ "مرزا صاحب! منا منی کو آپ کے ہاں چھوڑے جا رہی ہوں مجھے آج کچھ شاپنگ کرنا ہے۔" تو یہ فوراً کہتے ہیں: "ہاں ہاں، کیا مضائقہ ہے۔ طبیعت سے شاپنگ کیجئے میں ان کا خیال رکھوں گا۔" اور پھر منے اور منی کا دل بہلانے کے لئے طوطوں اور بلیوں کی آوازیں نکالتے ہیں۔ منے کی سواری کے لئے گھوڑا بنتے ہیں اور منی کو گڑیا خرید کر دیتے

ہیں ــــ محلّے میں ان کا گھر اچھی خاصی لائبریری، اسٹور ہاؤس اور بینک کی حیثیت رکھتا ہے۔ یہاں لوگ اخبارات اور رسائل پڑھتے ہیں۔ کتابیں رومال اور پاجامے مستعار لے جاتے ہیں جو کبھی واپس نہیں کئے جاتے۔ قرض مانگنے کے لئے آدھمکتے ہیں جو اکثر انھیں مل جاتا ہے اور جس کی ادائیگی کا کبھی مطالبہ نہیں کیا جاتا۔

مرزا صاحب کو انگریزی اور اردو پر قابلِ رشک عبور حاصل ہے اس لئے لوگ اکثر ان سے درخواستیں اور خطوط لکھوانے کے لئے آتے رہتے ہیں۔ "مرزا صاحب غضب ہوگیا۔ میرا تبادلہ فلاں بیہودہ قصبہ میں کیا جا رہا ہے۔ خدا کی قسم مر جاؤں گا۔ دیکھئے ابھی ایک درخواست زوردار الفاظ میں لکھ کر دیجئے تاکہ میرا تبادلہ رُک جائے۔"

"مرزا صاحب! لڑکا کسی بات پر ناراض ہو کر بھاگ گیا ہے۔ اس کی ماں غم سے نڈھال ہو کر بسترِ مرگ پر پڑی ہے اور بیوی خودکشی کرنے کا ارادہ کر رہی ہے! ازراہِ کرم ایک نہایت رقت انگیز خط لکھ دیجئے جسے پڑھ کر فوراً گھر لوٹ آئے۔"

"مرزا صاحب میرے چھوٹے بھائی نے اپنے ایک پروفیسر کو پرسوں پیٹ دیا تھا۔ پرنسپل نے اُسے کالج سے نکال دیا ہے۔ ایک درخواست لکھ دیجئے کہ اسے دوبارہ داخل کر لیا جائے۔ بڑی شفقت ہوگی۔"

اور مرزا صاحب ہر حاجت مند پر شفقت فرماتے ہیں۔ یہاں تک کہ محلے کے ہر نالائق اور کند ذہن طالب علم کو چھٹیوں میں مفت پڑھاتے ہیں۔ وہ جب پاس ہو جاتا ہے تو اس کے والدین مرزا صاحب کا شکریہ ادا کرنا بھی مناسب نہیں سمجھتے کہ شکریہ ہمیشہ اغیار کا ادا کیا جاتا ہے، اپنوں کا نہیں۔

آپ شاید دریافت کرنا چاہیں گے کہ مرزا صاحب کو ان کی شرافت سے کیا فیض

پہنچا ہے تو صاحب ایک فائدہ تو یہ ہوا کہ ان کی لائبریری تقریب خالی ہو چکی ہے۔
دوسرا یہ ہوا کہ انھیں نجی کام کے لئے کبھی فرصت نہیں ملی اور تیسرا یہ کہ اپنے تین مکان
بیچ کر کھا چکے ہیں اور چوتھا بیچنے کا ارادہ کر رہے ہیں۔

سلیم اور انارکلی

کردار

ہز میجسٹی۔ اکبر
بیربل (ہز میجسٹی کا پرائیویٹ سیکرٹری)
ابوالفضل۔ وزیرِ اعظم
فیضی۔ وزیرِ داخلہ
ٹوڈرمل۔ وزیرِ زراعت
خانخاناں۔ وزیرِ خارجہ
ملا دوپیازہ۔ وزیرِ طنز و مزاح
پرنس سلیم
نادرہ عرف انارکلی
ہز میجسٹی مریم زمانی
سراغ علی خاں۔ افسرِ اعلیٰ سی آئی ڈی

وقت۔ ۱۹۶۰ء

معذرت۔ اکبر، سلیم اور انارکلی کی روحوں، چالیس کروڑ ہندوستانیوں اور دس کروڑ پاکستانیوں سے معذرت کے ساتھ۔

پہلا منظر

لال قلعے کی ایک جھلک

(لال قلعہ آگرہ میں ہز میجسٹی اکبر کے پرائیویٹ سیکرٹری بیربل کا دفتر ـــــ یہ لال قلعہ وہی ہے جسے آپ نے اکثر دیکھا ہے۔ کم از کم تصاویر، اور فوٹوز میں۔ اگر آپ نے اسے نہیں دیکھا تو کوئی تشریح یا بیان آپ کی مدد نہیں کر سکتا۔ بہتر ہوگا آئندہ جب آپ آگرہ تشریف لے

جائیں تو لال قلعے کی زیارت کریں ـــــ جب پردہ اٹھتا ہے تو بیربل ایک کاغذ پر پار کرا ہ سے کچھ لکھتا ہوا دکھائی دیتا ہے۔ وثوق سے کہا جا سکتا ہے کہ وہ تازہ ترین لطیفے لکھ رہا ہے)

بیربل:- ہاں یہ لطیفہ ٹھیک رہے گا (کاغذ سے پڑھتے ہوئے) دو گدھے سڑک پر جا رہے تھے۔ پہلے گدھے نے دوسرے سے کہا "افسوس تو یہ ہے کہ نہ صرف تم گدھے ہو بلکہ تمہارا باپ بھی گدھا تھا۔" دوسرے نے جواب دیا "اگر تم گدھے نہ ہوتے تو ایسی لغو بات نہ کہتے۔

(ہنستا ہے) ہا ہا ہا۔ کتنا مزے دار لطیفہ ہے۔ میرا خیال ہے ہز میجسٹی اکبر اسے ضرور پسند کریں گے (ایک لحظہ کے بعد) اور ہاں یہ لطیفہ کیسا رہے گا ـــ ایک دفعہ آگرے کے پاگل خانے میں ایک پاگل موج میں آکر کہنے لگا "اے پاگلو سنو۔ خدا نے مجھے تمہارا بادشاہ مقرر کرکے زمین پر بھیجا ہے۔" یہ سن کر ایک پاگل نے چلا کر کہا "جھوٹ بکتا ہے، میں نے اسے ہرگز تمہارا بادشاہ مقرر نہیں کیا۔"

(ایک لحظہ کے لیے سوچتا ہے) اور تیسرا لطیفہ کچھ اس طرح کا ہونا چاہیے ایک طوائف کے لڑکے نے اپنی ماں سے پوچھا "ماں میرے باپ کا کیا نام ہے؟" طوائف نے کہا ...... طوائف نے کیا کہا؟ کوئی مزے دار چوٹ ہونی چاہیے نہیں تو ہز میجسٹی کو خاک لطف آئے گا؟ ہاں یہ ٹھیک رہے گا، طوائف نے کہا کہ ...... کہ ......"

(ایک اردلی ٹرے میں دعوتی کارڈ رکھ کر لاتا ہے)

بیربل:- (غصے سے) کیا ہے؟ سورج ابھی نکلا نہیں اور ملاقاتی پہلے آگئے کہہ دو اس وقت ملاقات نہیں ہو سکتی۔ بارہ بجے آئیں۔

اردلی:- حضور مولانا ابوالفضل تشریف لاتے ہیں۔

بیربل- اوہ اب ُل فجل! اچھا۔ اچھا۔ ان سے کہو تشریف لا سکتے ہیں۔

(مولانا ابوالفضل بہترین شارک سکن کے سوٹ میں ملبوس، منہ میں 555 کا سگرٹ دبائے داخل ہوتے ہیں)

ابوالفضل- آداب عرض، پنڈت جی۔

بیربل- آداب ارج۔ آداب ارج۔ آئیے مولانا اب ُل فجل...... اخاہ، شارک سکن کا سوٹ۔ ٹھاٹھ ہیں مولانا۔ یہ آپ سوٹ کب سے پہننے لگے؟

ابوالفضل- بات یہ ہے قبلہ کہ چوڑی دار پاجامہ اور شیروانی پہن پہن کر دل اوب گیا تھا۔ سوچا کہ ان دونوں کو چھٹی دی جائے۔ کہو کیسا لگتا ہوں اس سوٹ میں۔

بیربل- (مولانا کو غور سے دیکھتے ہوئے) برے نہیں لگتے لیکن اگر بہتر درزی کا انتخاب کرتے تو......

ابوالفضل- نہیں سا، تو اچھا ہے۔ سب پوچھ رہے ہیں کہ کس درزی سے سلایا۔ خانخاناں نے پوچھا۔ ٹوڈرمل نے پوچھا اور ملا دوپیازہ نے......

بیربل- آپ ان کا مطلب نہیں سمجھے مولانا۔ وہ اس لئے پوچھ رہے ہیں کہ کہیں وہ بھی اسی درزی کے ہتھے نہ چڑھ جائیں۔

ابوالفضل- (بیربل کی بات کو نظرانداز کرتے ہوئے) بمبے ٹیلرنگ ہاؤس سے سلوایا ہے۔ ظالموں نے ساٹھ روپے چارج کئے حالانکہ میٹریل میرا اپنا تھا

بیربل ۔ چور میں مولانا سب چور ۔ بیربل کے سوا ہر شخص چور ہے ۔

ابوالفضل ۔ مائی گڈ نس ۔ یہ کیا کہہ رہے ہو بیربل!

بیربل ۔ گستاخی معاف ۔ بالکل ٹھیک عرض کر رہا ہوں ۔ اب اُس ملا دو پیازہ کو دیکھو ۔ میرے لطیفے چرا کر ہز میجسٹی پر رعب ڈالتا ہے کہ یہ اس کے اپنے لطیفے ہیں ۔

ابوالفضل ۔ لیکن وہ تو کہتا ہے کہ تم اس کے لطیفے چراتے ہو ۔

بیربل ۔ نہیں یہ بات نہیں دراصل ہم دونوں "امریکن بک آف جوکرز" ایک ہی انگریزی کتاب سے لطیفے چراتے ہیں اور چونکہ ہم دونوں کے پاس وہی کتاب ہے اس لئے غلط فہمی ہو جاتی ہے کہ ہم ایک دوسرے کے لطیفے چراتے ہیں ۔

ابوالفضل ۔ تو اس کا یہ مطلب ہوا کہ تم دونوں چور ہو ۔

بیربل ۔ دریں چہ شک مولانا ۔ دریں چہ شک ۔

ابوالفضل ۔ لیکن ابھی تو تم کہہ رہے تھے کہ تمہارے سوا سب چور ہیں ۔

بیربل ۔ ارے بھائی مولانا وہ تو شاعرانہ تعلّی تھی، ورنہ دنیا میں کون چور نہیں ۔

ابوالفضل ۔ اچھا کیا لکھ رہے تھے؟ حسب معمول لطیفے ۔

بیربل ۔ ہاں لطیفے ۔ اپنے ہز میجسٹی بھی عجیب واقع ہوئے ہیں ۔ ہر روز انھیں ہزاروں چٹکلے سناتا ہوں لیکن ان کا جی نہیں بھرتا ۔ ہمیشہ تان اس فقرے پر توڑتے ہیں "اچھا کوئی اور چٹکلہ"

ابوالفضل ۔ ذرا دیکھ سکتا ہوں آج کے لطیفے کیا ہیں ۔

بیربل ۔ ہاں ہاں بڑے شوق سے ۔

ابوالفضل ۔ (ایک آدھ منٹ لطیفوں کو پڑھنے کے بعد) تُف ۔ کتنے لچر اور لغو ہیں

یہ لطیفے۔

بیربل ۔ پھر اور بغور ہیں تو کیا ہوا۔ ہز میجسٹی اکبر بھی کون سے ایم ۔ اے آکسن یا بی اے کینٹ ہیں۔

ابوالفضل ۔ میں کبھی سوچتا ہوں کہ ہز میجسٹی آکسفورڈ یا کیمبرج نہ سہی، علی گڑھ یونیورسٹی میں ہی چار سال لگا لیتے تو اُن کا مذاق......

بیربل ۔ وہ تو ٹھیک ہے مولانا، لیکن پھر ہز میجسٹی اکبر بیربل کو ملازمت سے ضرور جواب دے دیتے۔ اس لئے اچھا ہی ہوا کہ وہ علی گڑھ نہیں گئے۔

ابوالفضل ۔ اچھا! اس وقت ہز میجسٹی ہیں کہاں؟ مجھے اُن سے ایک ضروری بات کہنی ہے۔

بیربل ۔ ہز میجسٹی تو مولانا اس وقت دیوانِ خاص میں ہیں اور ریڈیو پر لتا منگیشکر کا گانا سن رہے ہیں۔

ابوالفضل ۔ لتا منگیشکر کا گانا! تعجب!! تان سین کو یاد نہیں فرمایا آج؟

بیربل ۔ بات یہ ہے کہ ہز میجسٹی تان سین کے استادی گلے سے سُن سُن کر تنگ آ گئے ہیں۔ ہر روز وہی میاں کی ٹوڈی، میاں کی ملہار، وہی تانیں وہی پلٹے اور پھر لطف یہ کہ گھنٹوں گانا سنتے رہو، کچھ سمجھ میں نہیں آتا۔ پرسوں کہہ رہے تھے کہ مجھے تو میاں کی ٹوڈی بھی ایسی ہی لگتی ہے، جیسے میاں کی ملہار اور مجھے یہ شک گزرتا ہے کہ تان سین کو صرف ایک ہی استادی گانا آتا ہے اور وہ ہر روز اسے ایک مختلف نام دے کر ہم سب کو اُلّو بنا رہا ہے۔

ابوالفضل ۔ پھر؟

بیربل ۔ پھر کیا۔ کل ہز میجسٹی بلال میں آ گئے اور انہوں نے تان سین کو برخاست

کردیا اور کہا کہ آئندہ ہم صرف تانا منگیشکر، گیتا رائے اور طلعت محمود کے ریکارڈ سنا کریں گے۔

ابوالفضل۔ آہ بے چارہ تان سین۔ اتنا بڑا آرٹسٹ اور یہ حشر! اب کیا کرے گا؟

بیربل۔ کرے گا کیا، بمبئی چلا جائے گا اور پلے بیک گانے دیا کرے گا۔

ابوالفضل۔ لیکن بمبئی میں اسے کون پوچھے گا، میرا مطلب ہے کون سمجھے گا! استادی گانوں کا ہماری فلموں میں سکوپ ہی کتنا ہے؟

بیربل۔ اگر یہ بات ہے پھر تو ضرور بھوکا مرے گا۔

ابوالفضل۔ آہ! اتنا بڑا آرٹسٹ اور بھوکا مرے۔

بیربل۔ مولانا! ہمیشہ بڑا آرٹسٹ ہی بھوکا مرتا ہے۔ غالب اور منشی پریم چند کا حشر تمہیں معلوم ہی ہے۔ خاص کر غالب۔ بیچارہ ساری عمر اسی تمنا میں جیتا رہا کہ "رنگ لائے گی ہماری فاقہ مستی ایک دن"۔ اور فاقہ مستی رنگ لائی کہ بیچارے کو گرفتار کرا دیا۔

ابوالفضل۔ آرٹسٹوں کا اب خدا ہی حافظ ہے۔

بیربل۔ شکر کرو مولانا کہ تم آرٹسٹ نہ ہوئے۔ محض وزیرِ اعظم ہوئے نہیں تو دن کو تارے نظر آ جاتے۔

ابوالفضل۔ کون کہتا ہے کہ میں آرٹسٹ نہیں ہوں۔ میری زباں دانی کا تو ہندوستان کے علاوہ انگلینڈ میں بھی شہرہ ہے۔ بخدا ایسی انگریزی لکھتا ہوں کہ ٹی۔ ایس۔ ایلیٹ پڑھے تو جھوم اٹھے۔

بیربل۔ اس میں کیا شک ہے مولانا۔ انگریزی تو آپ کے گھر کی لونڈی ہے۔ لیکن بات

یہ ہے کہ کوئی شخص محض اچھی انگریزی لکھنے سے آرٹسٹ نہیں بن جاتا۔ آرٹسٹ بننے کے لیے بڑا پاپڑ بیلنا پڑتا ہے۔ ہماری طرف دیکھو ہم یونہی آرٹسٹ......

ابوالفضل - ارے تم آرٹسٹ؟ باتیں بناتے ہو مسخرے کہیں کے۔

بیربل - یہی تو ہمارا آرٹ ہے کہ ہم کچھ بھی نہ ہوتے ہوئے بہت کچھ ہیں۔ سچ تو یہ ہے کہ ہم آپ کے یا فیضی کے سامنے بالکل ہیچ ہیں۔ لیکن ہز میجسٹی سے پوچھو تو ان کی نگاہ میں ہم سے بڑا آرٹسٹ آج تک پیدا ہی نہیں ہوا۔

ابوالفضل - ہز میجسٹی بھی تو بالکل........

بیربل - بس بس آگے نہ کہیئے گا مولانا۔ میں ہز میجسٹی کا نمک کھاتا ہوں۔

ابوالفضل - قبلہ۔ نمک تو ہم سب کھاتے ہیں لیکن........

بیربل - لیکن ویکن رہنے دیجیے مولانا۔ ہز میجسٹی کا موڈ خراب ہے ان دنوں۔ اچھا چھوڑیئے یہ قصہ۔ یہ کہیئے کہ آج کل کیا لکھا جارہا ہے۔

ابوالفضل - خاص تو کچھ نہیں۔ فیضی آجکل کارل مارکس کی کتاب کیپٹل کا فارسی میں ترجمہ کررہے ہیں۔

بیربل - کیسی کتاب ہے یہ "کیپٹل" تعریف تو بہت سنی ہے۔ بلکہ ایک آدھ بار پڑھنے کی کوشش بھی کی لیکن بخدا ایسی دندان شکن عبارت ہے کہ بیس لفظ کے بعد پڑھنے کی ہمت نہ ہوتی۔

ابوالفضل - کتاب تو واقعی دندان شکن ہے۔ خاص کر انس کے کچھ حصے....

اچھا ہز میجسٹی کو میرا اسلام پہنچا دینا۔ کہنا کہ میں خاص ملاقات کے لیے حاضر ہوا تھا لیکن ان کی تفریح میں مخل ہونا مناسب نہ سمجھا۔

بیربل ۔ وہ تو میں سب کہہ دوں گا۔ لیکن آخر وہ ضروری بات کیا ہے جو آپ ہز میجسٹی سے کرنا چاہتے ہیں۔ کیا کہیں بغاوت تو نہیں ہو گئی۔

ابوالفضل ۔ بغاوت تو نہیں۔ ہاں! لیکن ایک لحاظ سے بغاوت ہی سمجھو۔ پرنس سلیم ...

بیربل ۔ ہائیں۔ پرنس سلیم۔ اس نے بغاوت کر دی۔ سبحان اللہ! کہاں کی اس نے بغاوت! ابھی تو میرے سامنے کار میں بیٹھ کر کالج گیا ہے۔

ابوالفضل ۔ یہ میں ابھی نہیں بتا سکتا۔ اچھا اب میں چلتا ہوں ---- گڈ بائی۔

بیربل ۔ گڈ بائی، گڈ بائی۔ واہ مولانا، شارک سکن کا سوٹ کیا پہنا، خدا حافظ کہنا بھی بھول گئے۔

(دو ایک منٹ کے بعد) اچھا وہ تیسرا لطیفہ مکمل کر لینا چاہیئے۔ طوائف نے کہا کہ۔ کہ۔ کہ کیا کہا طوائف نے ....

(ٹیلیفون کی گھنٹی بجتی ہے)

بیربل ۔ (چونگا اٹھاتے ہوئے) ہیلو۔ جی ہاں بیربل ہی ہوں۔ ہز میجسٹی کا پرائیویٹ سیکرٹری۔ آپ کون ہیں؟ اوہ۔ ملا دو پیازہ! کہو استاد کیا حال ہے؟ کیا کہا۔ نیا لطیفہ سوجھا ہے۔ ہاں ہاں ضرور سنیں گے۔ اچھا۔ آگرے میں صرف دو مسخرے رہ گئے ہیں۔ خوب، خوب، ایک بیربل دوسرا ملا دو پیازہ۔ لیکن دراصل ایک ہی مسخرہ ہے۔ کیا مطلب۔ اچھا، کیونکہ بیربل مسخرہ تو ہے لیکن آخر بیربل بھی کیا ہے۔ ہٹ تیرے ملا دو پیازہ کی ..... کیا چوٹ کی ہے۔ اچھا اس کا جواب سوچ کر دونگا۔ اچھا ..... اچھا ..... گڈ بائی۔

(پھر لطیفہ مکمل کرنے کی کوشش کرتا ہے)

بیربل ۔ کچھ سمجھ میں نہیں آتا کہ طوائف نے کیا کہا۔ اچھا یہ کہا۔ کہ۔ کہ۔

تمہارا ایک...... (ٹیلیفون کی گھنٹی پھر بجتی ہے)

بیربل ۔ اُف یہ ٹیلیفون بھی ایک مصیبت ہے۔ دم بھر چین نہیں لینے دیتا ۔ (چونگا اٹھا کر) ہیلو، کون، اوہ مولانا فیجی گڈ مارننگ مولانا! ہز میجسٹی ؟ وہ تو اس وقت غسل فرما رہے ہیں۔ ضروری بات ؟ کیا ہے وہ ضروری بات ؟ شہزادہ سلیم کے متعلق ؟ ابُل فضل بھی یہی کہہ رہے تھے۔ آخر وہ بات کیا ہے ؟ مجھے نہیں بتا سکتے ؟ اچھا تو پھر مجھے فون کیوں کیا تھا ؟ ہاں ہز میجسٹی سے پانچ بجے ملاقات ہو سکتی ہے۔ بائی بائی (لطیفہ مکمل کرنے کی ایک بار پھر کوشش کرتا ہے)

یہ لطیفے بھی کم بخت عجیب ہوتے ہیں۔ سوجھ جائیں تو فوراً سوجھ جائیں اور نہ سوجھیں تو مہینوں انتظار کرنا پڑتا ہے۔ اچھا تھوڑی سی کوشش اور کرتا ہوں۔

(ٹیلیفون کی گھنٹی تیسری بار بجتی ہے)

بیربل ۔ اف پھر کسی کا ٹیلیفون (چونگا اٹھا کر غصے سے) کون ہو تم ؟ اوہ! یور میجسٹی معاف کیجیے گا حضور...... جی ہاں ۔ وہ لنچ جو آپ امریکن اور روسی سفیروں کو دے رہے تھے ۔ اچھا وہ ملتوی کر دیا گیا ہے۔ کیوں ؟ دونوں سفیر یک لخت بیمار ہو گئے — تعجب! اچھا تو لنچ کا انتظام نہ کروں ۔ بہت اچھا۔ کل کے لطیفے بہت پسند آئے! تھینک یو ۔ تھینک یو ۔ یور میجسٹی ۔

بیربل ۔ یہ سفیر لوگ بھی بڑے حضرت ہوتے ہیں۔ انھیں ضرور واشنگٹن اور ماسکو سے ہدایات مل گئی ہوں گی کہ دونوں ایک ہی لنچ میں شریک نہ ہوں۔ ہاں اگر ہز میجسٹی علیحدہ علیحدہ مدعو کریں تو بے شک چلے جائیں اور دونوں نے عذر پیش کیا کہ یک لخت بیمار ہو گئے ہیں۔ اونھ۔ جیسے ہم اتنے سادہ لوح

ہیں کہ ان کی باتوں میں آجائیں گے۔ ـــــ اچھا اب گھر چلنا چاہیئے۔ مسز بیربل انتظار کر رہی ہوں گی۔

دوسرا منظر

سلیم اور انارکلی

(پرنس سلیم اور انارکلی دریائے جمنا میں ایک شکارے میں بیٹھے سیر کر رہے ہیں۔ انارکلی نے غرارہ اور قمیص پہن رکھی ہے۔ سلیم انگریزی سوٹ میں ملبوس ہے۔ انارکلی کا سر سلیم کے شانے پر ہے۔)

سلیم ۔ انارکلی ڈارلنگ!

انارکلی ۔ ڈیر سلیم!

سلیم ۔ ڈارلنگ۔

انارکلی ۔ کہو سلیم۔ کیا کہنا چاہتے ہو۔

سلیم ۔ ڈارلنگ!

انارکلی ۔ سلیم تم اس طرح ڈارلنگ ڈارلنگ کرتے رہے تو ضرور پاگل ہو جاؤ گے۔

سلیم ۔ آہ ڈارلنگ!

انارکلی ۔ خدا کے لیے ڈارلنگ کے علاوہ بھی کچھ کہو سلیم۔ تعجب ہے تم نے اتنی ہندوستانی اور امریکن فلمیں دیکھیں لیکن تمہیں محبت کرنا نہ آیا۔

سلیم ۔ محبت ہی تو کر رہا ہوں ڈارلنگ۔

انارکلی ۔ یہ محبت کر رہے ہو۔ بخدا اتنی بور ہو رہی ہوں کہ جی چاہتا ہے جمنا میں چھلانگ

لگا دھل۔

سلیم۔ خدا کے لئے ایسا نہ کرنا ڈارلنگ، مجھے تیرنا بالکل نہیں آتا۔

انار کلی۔ تو پھر سیدھی طرح محبت کرو۔ دلیپ کمار کی طرح، راج کپور کی طرح اور نہیں تو اوم پرکاش کی طرح۔ یہ کوئی انداز ہے محبت کرنے کا۔ آدھ گھنٹے سے ڈارلنگ ڈارلنگ کی رٹ لگا رکھی ہے۔

سلیم۔ ڈارلنگ میں دلیپ کمار کی طرح محبت کر سکتا ہوں۔ لیکن......

انار کلی۔ لیکن کیا؟

سلیم۔ تم شاید نہیں جانتیں کہ سکرین پر محبت کرنے کے لئے دلیپ کمار کو پچھتر ہزار، بلکہ کبھی کبھی ایک لاکھ روپیہ ملتا ہے اور یہاں......

انار کلی۔ مغل زادے ہو کر روپے پیسے کی بات مت کرو۔ محبت روپے سے بے نیاز ہے۔

سلیم۔ ہے تو سہی ڈیئر انار کلی، لیکن بقول نظیر اکبر آبادی، پیسے بغیر آدمی چرخے کی مال ہے۔

انار کلی۔ پھر تم نے نظیر اکبر آبادی کا نام لیا۔ کئی بار تم سے کہا ہے کہ مجھے نظیر سے چڑ ہے۔ اس کا نام مت لیا کرو۔

سلیم۔ واہ ڈارلنگ، سیماب اکبر آبادی سے پہلے ایک وہی تو آگرے نے کام کا شاعر پیدا کیا اور اسی سے تمہیں چڑ ہے۔ ڈیئر انار کلی! اب تو زمانہ نظیر اکبر آبادی کا آ رہا ہے۔ چند دنوں میں دیکھو گی کہ ہر جگہ نظیر کے ہی چرچے ہیں، نظیر عوام کا شاعر ہے۔

انار کلی۔ ہوگا عوامی شاعر۔ لیکن مجھے بالکل پسند نہیں۔

سلیم ۔ بات یہ ہے پیاری انار کلی کہ تم ذرا بوڑھا واقع ہوئی ہو ۔ حالانکہ تمہیں پروتاری ہونا چاہیئے تھا۔

انار کلی ۔ اچھا مٹاؤ اسے ۔ یہ بتاؤ کہ ہم تم آخر کب تک چھپ چھپ کے ملتے رہیں گے ۔

سلیم ۔ ڈارلنگ! یہ بھی کوئی پوچھنے کی بات ہے ۔ جب تک ہم دونوں نوجوان ہیں ایسا کرنا ہی پڑے گا ۔ جب ہم دونوں بوڑھے ہو گئے تو پھر کھلم کھلا ملا کریں گے ۔ یہ ہندوستان ہے ڈارلنگ! فرانس یا امریکہ نہیں ۔

انار کلی ۔ لیکن سلیم ہم شادی کیوں نہیں کرتے ۔

سلیم ۔ کر تو لیں لیکن ڈیڈی کو کس طرح راضی کریں ۔

انار کلی ۔ شادی تمھیں کرنا ہے یا ڈیڈی کو ۔ اس میں ڈیڈی کی رضامندی کا کیا سوال ہے ۔

سلیم ۔ سوال تو ہے ڈارلنگ ، اگر ڈیڈی نے گھر سے نکال دیا تو......

انار کلی ۔ تو تم ہمارے گھر آجانا ۔

سلیم ۔ اور اگر تمہاری ممی نے ہم دونوں کو گھر سے نکال دیا تو......

انار کلی ۔ نہیں نہیں میری ممی بہت اچھی ہے وہ ہمیں کبھی گھر سے نہیں نکالے گی آؤ اس عید کو شادی کرلیں ۔

سلیم ۔ اتنی جلدی نہیں ڈارلنگ ، ہمیں پھونک پھونک کر قدم اٹھانا پڑے گا ، اگر ڈیڈی......

انار کلی ۔ پھر وہی ڈیڈی ۔ شہزادے ہو کر تم اتنے بزدل کیوں ہو سلیم ۔ آخر شادی کرنا کوئی گناہ تو نہیں ۔

سلیم ۔ یہ تو تم درست کہتی ہو ۔ اب ڈیڈی کو دیکھو میکے بعد دیگرے کئی شادیاں

کر ڈالیں۔ لیکن ہمارا تمہارا معاملہ ذرا پیچیدہ ہے۔ بدقسمتی سے میں ولیعہد ہوں۔

انارکلی ۔ ولی عہد ہو تو پھر کیا ہوا، کیا ولی عہد شادی نہیں کر سکتا۔

سلیم ۔ کر تو سکتا ہے لیکن اسے تاج و تخت سے دست بردار ہونا پڑے گا۔

انارکلی ۔ تو ہو جانا۔ یہ کون سی مشکل بات ہے۔ محبت کی خاطر انسان کیا نہیں کرتا۔ ایڈورڈ ہشتم نے مسز سمپسن کی خاطر برطانیہ کا تخت ٹھکرا دیا تھا اور یاد رہے یہ اس وقت کی بات ہے جب انگریزی سلطنت میں سورج غروب نہیں ہوتا تھا۔

سلیم ۔ صحیح ہے۔ لیکن اب حالات بدل گئے ہیں۔ اب تو انگریزی سلطنت کا سورج اس طرح غروب ہو رہا ہے کہ شاید قیامت تک طلوع نہ ہو سکے گا۔

انارکلی ۔ بات شادی کی ہو رہی تھی۔ قصہ انگریزوں کا لے بیٹھے تم بھی عجیب پروفیسر قسم کے عاشق ہو۔

سلیم ۔ پروفیسر کون ہے یا شاید پروفیسر آل احمد سرور تو نہیں۔ انھوں نے چند کامیاب غزلیں کہی ہیں لیکن میرے خیال میں کسی سے عشق تو نہیں کیا۔

انارکلی ۔ (چمک کر) ہاں، کیسے نہیں کیا۔ یاد ہے۔ ان کی تازہ غزل کا مطلع ؎

کبھی سر ان کے قدموں میں کبھی ہاتھ ان کے دامن پر
طبیعت ان دنوں کچھ لاابالی ہوتی جاتی ہے

سلیم ۔ مکرر، مکرر، سبحان اللہ۔ یہ شعر نہیں سحر ہے۔ واللہ کیا تیور ہیں اس شعر کے۔

انارکلی ۔ یہ آل انڈیا مشاعرہ لکھنؤ نہیں ہے سلیم، کہ تم یوں اچھل اچھل کر داد دے رہے ہو..... بات شادی کی ہو رہی ہے۔ پروفیسر آل احمد سرور کی نہیں۔

سلیم ۔ اوہ شادی کر لیں گے ابھی کیا جلدی ہے۔

انار کلی ۔ جلدی اس لئے ہے کہ میری ممی کو ہر روز میرے لئے پیغام آ رہے ہیں۔

سلیم ۔ تو یہ تمھاری ممی کی غلطی ہے، اس نے ضرور اخبار میں تمہارے لئے اشتہار دیا ہوگا۔

انار کلی ۔ ہاں دیا تو تھا۔

سلیم ۔ تو یوں کرو کہ اس اشتہار کی تردید چھپوا دو۔ لکھ دو کہ تمہارا ابھی شادی کرنے کا کوئی ارادہ نہیں۔

انار کلی ۔ دراصل تردید چھپوانے کو جی نہیں چاہتا۔ بات یہ ہے کہ ان میں سے کچھ تو بہت بڑے لوگوں کے ہیں۔

سلیم ۔ بڑے لوگوں کے، اچھا کون ہیں وہ بیوقوف، میرا مطلب ہے شریف آدمی۔

انار کلی ۔ ایک تو اٹاوہ کا زمیندار ہی ہے۔ خاصا مال دار۔

سلیم ۔ (قہقہہ لگا کر) ہا ہا ہا، زمیندار، ڈارلنگ کہیں اس کی باتوں میں نہ آ جانا۔

انار کلی ۔ ایک فیض آباد کے کوئی شاعر ہیں۔ عمر کچھ زیادہ ہے لیکن غزل اچھی کہتے ہیں۔

سلیم ۔ توبہ توبہ، شاعر، معلوم ہے ڈارلنگ کہ ہندوستانی شاعر کی آمدنی کیا ہوتی ہے۔ پان تک تو بیچارہ ادھار لے کر کھاتا ہے۔ شاعر سے ہی شادی کرنی ہے تو کسی انگریز یا امریکی شاعر سے کرو۔ رہنے کو خوبصورت فلیٹ اور سواری کو رولز رائس۔

انار کلی ۔ ایک بارہ بنکی کے ملا ہیں۔ تین بیویاں پہلے ہیں، لیکن وہ کہتے ہیں کہ بڑی بیگم ہی کہلواؤں گی۔

سلیم ۔ ہاہا۔ ملا۔ اس سے بہتر ہے کہ تم ملا دو پیازہ سے شادی کرلو۔

انار کلی ۔ لیکن وہ کہتے ہیں کہ حق مہر پچاس ہزار لکھ کر دینے کو تیار ہوں۔

سلیم ۔ صرف پچاس ہزار! انار کلی کے لئے پچاس ہزار! بخدا، ڈارلنگ میں تمہیں ساری سلطنت بطور حق مہر لکھ کر دینے کو تیار ہوں اور اس کے بعد بھی یہی کہونگا کہ یہ بہت معمولی پیش کش ہے۔

انار کلی ۔ واقعی سلیم؟

سلیم ۔ تمہاری قسم ڈارلنگ۔

انار کلی ۔ سلیم تم کتنے اچھے ہو۔

سلیم ۔ ڈیر ڈارلنگ انار کلی۔

انار کلی ۔ (یک لخت گھڑی دیکھتے ہوئے) اوہ دس بج گئے۔ میرا خیال ہے اب ہمیں چلنا چاہیئے۔

سلیم ۔ ابھی تو صرف دس ہی بجے ہیں۔

انار کلی ۔ ٹھیک ہے لیکن ہوسٹل کی سپرنٹنڈنٹ۔ ان بجے گیٹ بند کر دیتی ہے۔ بڑی شکی مزاج عورت ہے۔ کل بھی پوچھ رہی تھی کہ میں رات گئے تک کہاں رہتی ہوں۔

سلیم ۔ تو تم نے کیا کہا۔

انار کلی ۔ میں نے کہا ایک سہیلی کا برتھ ڈے تھا۔ اس کی پارٹی میں گئی تھی۔

سلیم ۔ خوب ہمارے ساتھ بھی یہی معاملہ ہوا۔ ڈیڈی پوچھنے لگے شیخو! آج بہت دیر سے لوٹے۔ ہم نے جھٹ عذر پیش کر دیا۔

انار کلی ۔ کیا؟

سلیم ۔ یہی کہ آج پروفیسر نے کیمسٹری کی سپیشل کلاس بلائی تھی۔ پریکٹیکل کرتے دیر ہو گئی۔
انار کلی ۔ (ہنستے ہوئے) رات کے وقت پریکٹیکل! خوب بنایا ڈیڈی کو۔
سلیم ۔ ڈیڈی سیدھے سادے آدمی ہیں جھٹ یقین کر لیتے ہیں۔ اچھا آؤ دیشکارے کو کنارے کی طرف لے چلیں۔ اس کے بعد میں تمہیں کار میں ہوسٹل پہنچا دوں گا۔
انار کلی ۔ ہوسٹل نہیں۔ لڑکیاں خواہ مخواہ شک کریں گی۔ مجھے صرف ٹیکسی سٹینڈ تک پہنچا دو۔ وہاں سے ٹیکسی کر لوں گی۔
سلیم ۔ ہاں یہ ٹھیک رہے گا، اچھا چلو!

تیسرا منظر

خطرناک سازش

(دیوانِ خاص)

(ہز میجسٹی اکبر ریڈیو سن رہے تھے۔ تھوڑی دیر کے بعد گھنٹی بجاتے ہیں۔ اردلی داخل ہوتا ہے)

اکبر ۔ انور! یہ طلعت محمود کا آخری ریکارڈ بج رہا ہے اس کے بعد تقریر ہو گی۔ جونہی گانا ختم ہو ریڈیو بند کر دو۔
انور ۔ بہت اچھا یور میجسٹی۔
اکبر ۔ خدا جانے یہ ریڈیو تقریریں اتنی خشک اور غیر دلچسپ کیوں ہوتی ہیں۔ جب بھی غلطی سے ایک آدھ سن لیتا ہوں سارِیڈان کی گولی کا سہارا لینا پڑتا ہے...... انور کیا تم بتا سکتے ہو کہ ریڈیو تقریریں اتنی بے مزا کیوں ہوتی ہیں۔

انور - غالباً یور میجسٹی اس لئے کہ تقریریں کرنے والوں کو بہت قلیل معاوضہ دیا جاتا ہے۔

اکبر - ہُم، ہو سکتا ہے، ہو سکتا ہے، (سگار سلگاتے ہوئے) اچھا یہ امریکی سگار کافی اچھے ہیں، کچھ اور خرید لو۔

انور بہت اچھا یور میجسٹی۔

(ریکارڈ ختم ہوتے ہی انور ریڈیو بند کر دیتا ہے)

اکبر ہاں۔ اب تم جا سکتے ہو۔

(انور باہر جاتا ہے)

سبحان اللہ، کیا گلا پایا ہے طلعت محمود نے۔ اتنا عرصہ یونہی بیکار تان سین کی سرپرستی کرتے رہے۔ اچھا آج بیربل سے کہونگا کہ طلعت محمود سے خط و کتابت کرے، اگر وہ مان جائے تو اسے ملازم رکھ لیا جائے۔

(انور طشتری میں وزٹنگ کارڈ لاتا ہے)

اکبر - کس کا وزیٹنگ کارڈ ہے۔

انور - یور میجسٹی! سراغ علی خان افسرِ اعلیٰ سی آئی ڈی کا۔

اکبر - اس سے کہو کہ اجازت ہے۔

(انور جاتا ہے اور سراغ علی خاں داخل ہوتا ہے)

سراغ علی خاں۔ گڈ مارننگ یور میجسٹی۔

اکبر - گڈ مارننگ سراغ! کہو کیا خبر ہے۔

سراغ علی خاں۔ جناب ایک نہایت خطرناک سازش کا سراغ لگایا ہے۔

اکبر - ہوں۔ لسانی صوبوں کا جھگڑا ہوگا۔

سراغ علی خاں - نہیں یور میجسٹی۔ اس کا اس سے کوئی تعلق نہیں۔

اکبر - تو پھر۔

سراغ علی خاں - گستاخی معاف، یہ شہزادہ سلیم.....

اکبر - کیا بکتے ہو۔ شہزادہ کبھی سازش کا مرتکب ہو سکتا ہے؟

سراغ علی خاں - (کانپتے ہوئے) حضور یہ فائل ملاحظہ فرما سکتے ہیں۔ (فائل آگے رکھ دیتا ہے)

اکبر - سراغ علی خاں تم اچھی طرح جانتے ہو کہ ہم انگریزی نہیں جانتے! انگریزی کے دو چار الفاظ بول لینا اور بات ہے۔ خواہ مخواہ، ہمیں چڑانے کے لئے ایسی حرکت کرتے ہو۔

سراغ علی خاں - معاف کیجیے حضور، میں پھر بھول گیا تھا کہ آپ...

اکبر - آئندہ خیال رکھو نہیں تو سخت سزا دی جائے گی.... ہمیں فائل کا آسان اردو ترجمہ سنایا جائے۔

سراغ علی خاں - (فائل سے پڑھتے ہوئے) یکم جنوری کو شہزادہ سلیم اور نادرہ عرف انار کلی میٹرو ہوٹل میں رات کے ۱۱ بجے ناچ کرتے پائے گئے۔

اکبر - ہوں۔ میٹرو میں ناچ۔

سراغ علی خاں - دس جنوری کو شہزادے نے انار کلی کی معیت میں اوڈین میں فلم لیلیٰ مجنوں دیکھی۔

اکبر - ہوں، اوڈین میں لیلیٰ مجنوں۔

سراغ علی خاں ۔ بیس جنوری کو شہزادہ انارکلی کے ساتھ جمنا میں ایک شکارے میں سیر کرتا ہوا دیکھا گیا۔

اکبر ۔ ہوں ۔ جمنا میں بوٹنگ ۔

سراغ علی خاں ۔ تیس جنوری کو شہزادہ.......

اکبر ۔ بس بس آگے پڑھنے کی ضرورت نہیں۔ ہم معاملے کی تہہ تک پہنچ گئے ہیں۔ دال میں کچھ کالا کالا ہے۔

سراغ علی خاں ۔ یور میجسٹی بجا فرماتے ہیں۔

اکبر ۔ اچھا تم جا سکتے ہو۔ یہ فائل ہمارے پاس رہنے دو۔

(سراغ علی خاں جاتا ہے۔ ہز میجسٹی دو ایک منٹ محل میں ٹہلتے رہتے ہیں پھر ٹیلیفون اٹھاتے ہیں۔)

ہیلو بیربل! ہاں معاملہ بہت نازک ہے۔ ہاں ابھی فوراً۔ سب کام چھوڑ کر۔ لطیفے پھر لکھ لینا۔

(ٹیلیفون کرنے کے بعد پھر ٹہلنے لگتے ہیں۔ ایک آدھ منٹ کے بعد بیربل داخل ہوتا ہے)

بیربل ۔ ہیلو یور میجسٹی! ہاؤ ڈو یو ڈو...... اچھا ایک نیا لطیفہ سنئے ایک دفعہ سڑک پر دو گدھے جا رہے تھے۔

اکبر ۔ بیربل، تم ہر وقت گدھوں کی باتیں کرتے رہتے ہو، کبھی انسانوں کا بھی ذکر کیا کرو۔

بیربل ۔ گستاخی معاف، یور میجسٹی! گدھوں اور انسانوں میں فرق ہی کتنا رہ گیا

ہے اب۔

اکبر ۔ تم بہت شریر ہوتے جا رہے ہو۔ شریر کو انگریزی میں کیا کہتے ہو۔

بیربل ۔ ناٹی ۔

اکبر ۔ ہاں تم بڑے ناٹی ہو۔ اچھا ہٹاؤ اسے، ہم تم سے ایک نہایت سنجیدہ مسئلے پر گفتگو کرنا چاہتے ہیں۔

بیربل ۔ اگر مسئلہ سنجیدہ ہے تو پھر ابُل فضل یا فیضی کو بلوائیے، خاکسار کی سمجھ میں نہیں آئے گا۔

اکبر ۔ نہیں ہم تمہاری رائے لینا چاہتے ہیں۔ معلوم ہے شہزادے نے کیا کیا؟

بیربل ۔ غالباً انگریزی کے مضمون میں فیل ہو گیا۔

اکبر ۔ نہیں۔

بیربل ۔ تو پھر کیمسٹری میں رہ گیا ہوگا۔ میں نے آپ سے کہا بھی تھا کہ اسے بی ایس سی کے مضامین نہ لینے دیجیے۔

اکبر ۔ نہیں یہ بات نہیں۔

بیربل ۔ تو پھر کالج میں کوئی سٹرائیک وٹرائیک کرادی ہوگی۔

اکبر ۔ نہیں نہیں۔ تمہارے سب اندازے غلط ہیں۔ شہزادے نے عشق۔۔۔

بیربل ۔ عشق! پھر تو مبارک ہو۔

اکبر ۔ مبارک؟ کس بات کی مبارک؟

بیربل ۔ اس بات کی کہ شہزادہ بالغ ہوگیا ہے۔

اکبر ۔ کیا مطلب؟

بیربل ۔ شہزادے عموماً اپنے بالغ ہونے کا اعلان اور اظہار اسی طرح کیا کرتے ہیں۔
اکبر ۔ لیکن اسے ایک معمولی لونڈی سے عشق ہے۔ نادرہ عرف انارکلی سے۔
بیربل ۔ لونڈی چاہے معمولی ہو، ہوگی غضب کی ییں اپنے بھتیجے کو اچھی طرح جانتا ہوں۔
اکبر ۔ بات کو مذاق میں اڑانے کی کوشش مت کرو بیربل، معاملہ بہت سنجیدہ ہے۔ اچھا جلدی سے بتاؤ کہ کیا کرنا چاہیئے۔
بیربل ۔ (سنجیدگی سے) میرے خیال میں تو دونوں کی شادی کردینی چاہیئے۔
اکبر ۔ ایک لونڈی سے شادی، ناممکن۔
بیربل ۔ تو پھر شہزادے سے کہا جائے کہ وہ انارکلی کو طلاق دے دے۔
اکبر ۔ لاحول ولا، شادی سے پہلے طلاق، یہ کیسے ہو سکتا ہے۔
بیربل ۔ شادی کے بعد ہو سکتا ہے تو شادی سے پہلے کیوں نہیں۔
اکبر ۔ تم حسب معمول غیر سنجیدگی سے بات کر رہے ہو۔
بیربل ۔ میں نے تو پہلے ہی عرض کیا تھا کہ ابُل فجل اور فیجی کو بلوائیے۔
اکبر ۔ تو تم گویا اپنی نااہلیت کا اعتراف کرتے ہو۔
بیربل ۔ دراصل یور میجسٹی مجھے گنہگاروں سے ہمیشہ ہمدردی رہی ہے۔
اکبر ۔ کچھ سمجھ میں نہیں آتا کہ اس مشکل کا کیا حل ہونا چاہیئے۔
بیربل ۔ پھر بھی آپ نے کچھ تو سوچا ہوگا۔
اکبر ۔ اگر مجھے ہی ہر بات سوچنی ہے تو تم تنخواہ کس بات کی لیتے ہو۔
بیربل ۔ (بڑی سادگی سے) آپ کو لطیفے سنانے کی۔

اکبر ۔ تم بہت نامعقول قسم کے آدمی ہو۔

بیربل ۔ دریں چہ شک یور مجسٹی! دریں چہ شک۔

اکبر ۔ اچھا ساری کیبنٹ کو مطلع کر دو کہ آج شام کے پانچ بجے دیوانِ خاص میں، ایک خاص اجلاس ہوگا۔ سب وزراء وقت مقررہ پر تشریف لائیں۔

بیربل ۔ بہت اچھا۔ تو آج لطیفے نہیں سنیں گے کیا؟

اکبر ۔ نہیں آج لطیفے سننے کا موڈ نہیں۔

بیربل ۔ اچھا گڈ ڈے، یور مجسٹی!

اکبر ۔ گڈ ڈے۔

چوتھا منظر

دربارِ اکبری

(دیوانِ خاص میں کیبنٹ کا خاص اجلاس)

(ہز مجسٹی اکبر تخت پر اور ابوالفضل، فیضی، عبدالرحیم خانخاناں، بیربل، ٹوڈر مل، ملا دوپیازہ پر تکلف کرسیوں پر بیٹھے ہوئے دکھائی دیتے ہیں)

اکبر : یہ کیبنٹ کا ایمرجنسی اجلاس ہے۔ ہم آپ حضرات سے ایک نہایت اہم مسئلے پر تبادلہ خیالات کرنا چاہتے ہیں۔ اجلاس کی کارروائی شروع کرنے سے پہلے ہم واضح کر دینا چاہتے ہیں کہ اس اجلاس کا ایجنڈا بہرحال چھ بجے تک ختم ہونا چاہیئے۔

بیربل : یہ چھ بجے کی قید کس لئے؟ کیا حضور چھ بجے کی گاڑی سے دہلی جا رہے ہیں۔

اکبر : نہیں چھ بجے ریڈیو سیلون کا پروگرام شروع ہوتا ہے جسے ہم کسی قیمت پر نظر انداز نہیں کر سکتے۔ بخدا ایسے نئے نئے فلمی ریکارڈ سنواتے ہیں کہ طبیعت خوش ہو جاتی ہے۔

بیربل: واقعی ان دنوں ریڈیو سیلون بہترین پروگرام پیش کر رہا ہے، یور میجسٹی!

مُلّا دو پیازہ :۔ پروگرام تو بہت اچھا ہے۔ لیکن اُن کا "بیوپار ویہار" سارے ریکارڈوں کا مزا کرکرا کر دیتا ہے۔

اکبر : ہمیں تم سے اختلاف ہے۔ ہمارے خیال میں تو اُن کے بیوپار ویہار کا پروگرام بھی کافی دلچسپ ہوتا ہے۔ اُن خوبصورتی اور سلیقے سے مختلف چیزوں کا اشتہار دیتے ہیں کہ جی چاہتا ہے کہ...... کہ

بیربل : کہ جیب میں پیسے ہوں تو ساری خرید لی جائیں۔

اکبر : بے شک، ہم تو اکثر وہی چیزیں خریدتے ہیں جن کا اشتہار ہم ریڈیو پر سنتے ہیں۔

ملا دو پیازہ :۔ (شرارتاً) غالباً آپ نے بیربل کو بھی اسی لئے ملازم رکھا تھا کہ ریڈیو سیلون نے اپنے ایک اشتہار میں اُس کے مسخرے پن کی تعریف کی تھی۔

بیربل: اور اپنی بات بھول ہی گئے مُلّا! ریڈیو سیلون نے یہ بھی کہا تھا کہ بد اڈوانی کے بعد مُلّا دو پیازہ ہی وہ شخص ہے جس کی شکل دیکھتے ہی ہنسی آجاتی ہے۔

ملا دو پیازہ :۔ خیر مجھے تو دیکھ کر ہی ہنسی آجاتی ہے اور تمہارے لطیفوں پر

بھی رونے کو جی چاہتا ہے۔

اکبر :۔ تم دونوں پھر چونچیں لڑانے لگے۔ تم خواہ مخواہ کیبنٹ کا وقت ضائع کر رہے ہو۔ ہم نے شروع میں کہا تھا کہ یہ خاص اجلاس ہے اور مسئلہ زیرِ غور نہایت اہم ہے۔ ہم اب آپ کو اس مسئلہ کی نوعیت سے آگاہ فرماتے ہیں۔

ابوالفضل :۔ قطع کلام معاف، بندہ حضور سے ایک نہایت اہم بات علیحدگی میں عرض کرنے کی اجازت چاہتا ہے۔

فیضی :۔ گستاخی معاف، بندہ ابوالفضل کی اہم بات سے بھی ایک اہم بات آپ کے گوش گزار کرنا چاہتا ہے۔

اکبر :۔ آپ دونوں بھائی تشریف رکھیں۔ ہم جانتے ہیں آپ جو بات ہم تک پہنچانا چاہتے ہیں۔

ابوالفضل اور فیضی :۔ ہمیں سو فیصد یقین ہے کہ آپ نہیں جانتے۔

اکبر :۔ ہمیں دو سو فیصد یقین ہے کہ ہم جانتے ہیں۔

بیربل :۔ اچھا بھلا تبلائیے وہ کیا بات ہے؟

اکبر :۔ یہی کہ شہزادہ سلیم کو نادرہ عرف انارکلی سے عشق.....

ملّا دوپیازہ :۔ (کرسی سے اچھل کر) عشق! شہزادے کو!

ٹوڈرمل :۔ کیا فرمایا، سلیم کو انارکلی سے۔ نہیں نہیں۔

عبدالرحیم خانخاناں :۔ کیا میں نے ٹھیک سنا کہ شہزادے کو انارکلی سے، یہ کیسے ہو سکتا ہے۔

ابوالفضل :۔ تعجب! آپ کو اس راز کا کیسے پتا چلا۔

فیضی :۔ یہی تو میں سوچ رہا ہوں کہ آپ کو۔۔۔۔

اکبر :۔ تعجب اس بات پر نہیں کہ ہمیں کیسے پتا چلا۔ بلکہ اس بات پر ہے کہ آپ دونوں کو کیسے معلوم ہوا۔ سی آئی ڈی میں ضرور ریلیج ہو رہا ہے۔ خیر اس کے متعلق انکوائری کرنی پڑے گی۔

ملا دو پیازہ :۔ لیکن یور میجسٹی! شہزادے کو۔۔۔۔۔۔واقعی میرا مطلب ہے، سلیم کو۔۔۔

بیربل :۔ ابے عقل کے دشمن! کہہ تو رہے ہیں کہ شہزادہ سلیم کو انارکلی سے عشق ہو گیا ہے، تجھے یقین ہی نہیں آتا۔

اکبر :۔ ہاں بدقسمتی سے شہزادہ سلیم کو عشق ہو گیا ہے۔

بیربل :۔ بدقسمتی سے؟ آپ تو اس لہجے میں کہہ رہے ہیں گویا شہزادے کو عشق نہیں خدانخواستہ ٹائیفائڈ ہو گیا ہے۔

ملا دو پیازہ :۔ (بیربل سے) ابے جاہل مطلق۔ عشق تو ٹائیفائڈ سے بھی زیادہ خطرناک ہوتا ہے۔ ٹائیفائڈ کا کورس ہے اکیس دن زیادہ سے زیادہ بیالیس دن۔ اور عشق کا کورس ہے ساری عمر بلکہ یہ تو مرنے کے بعد بھی جان نہیں چھوڑتا۔

بیربل :۔ ابے ملا ہی رہے۔ کبھی عشق کیا بھی ہے یا یونہی اناپ شناپ بک رہا ہے۔

ملا دو پیازہ :۔ خدا نہ کرے ملا دو پیازہ کو کسی سے عشق ہو جائے۔

بیربل :۔ یہ دعا تو ہم بھی مانگتے ہیں۔ نہیں تو فریقِ ثانی کا خدا ہی حافظ ہے۔

اکبر :۔ خاموش بیربل۔ ہاں تو حضرات سب سے پہلے ہم یہ جاننا چاہتے ہیں کہ شہزادے کو انارکلی سے ہی کیوں عشق ہوا۔

بیربل :- آپ کا مطلب ہے کہ اسے کالج میں پڑھنے والی باقی سب لڑکیوں سے کیوں نہیں ہوا۔ بندہ پرور عشق تو ہول ٹائم جاب ہے۔ ایک شخص ایک وقت میں صرف ایک ہی لڑکی سے عشق کر سکتا ہے۔

اکبر :- بہر حال ہم آپ سے شہزادے کے عشق کی وجہ دریافت کرنا چاہتے ہیں۔

ملا دو پیازہ :- وجہ ظاہر ہے۔ یہ سب کو ایجوکیشن کا قصور ہے۔ میں نے آپ سے کئی بار عرض کی کہ کو ایجوکیشن قانوناً بند ہونی چاہیئے لیکن آپ نے میری ایک نہ سنی۔

بیربل :- واہ ملا دو پیازہ صاحب واہ! مارو گھٹنا پھوٹے آنکھ، ابے عشق کا کو ایجوکیشن سے کیا تعلق ہے۔

ملا دو پیازہ :- تعلق کیسے نہیں، ورنہ شہزادے کو عشق......

بیربل :- باقی بھی تو نو سو ننانوے لڑکے اسی کالج میں پڑھتے ہیں، انھیں عشق کیوں نہ ہوا؟

ملا دو پیازہ :- ممکن ہے انھیں عشق کرنے کے لئے فرصت نہ ملی ہو۔

اکبر :- ملا دو پیازہ کی کو ایجوکیشن والی بات کافی معقول ہے۔ ہم بھی سمجھتے ہیں کہ کو ایجوکیشن کافی خطرناک طریقۂ تعلیم ہے۔

بیربل :- جی ہاں۔ میرا بھی یہی خیال ہے۔

ملا دو پیازہ :- ابے جاہل! ابھی تو کو ایجوکیشن کی تعریف کر رہا تھا۔ اب حضور نے اسے خطرناک بتایا تو تو نے بھی جھٹ پینترا بدل لیا۔

بیربل :- ملا جی رہنے دو، ساری عمر! تھوڑی سی بھی ڈپلومیسی نہ سیکھی۔ ابے تنخواہ حضور دیتے ہیں یا کو ایجوکیشن۔

اکبر :- کو ایجوکیشن کے علاوہ اور کیا وجہ ہو سکتی ہے۔

ابوالفضل :- میری رائے میں تو یہ سب فلموں کا قصور ہے۔ نوجوان لڑکے لڑکیاں
دن رات عشقیہ فلمیں دیکھتے ہیں اور اُن سے گمراہ کُن اثر قبول کرتے ہیں۔ میں
نے سنا ہے کہ شہزادے نے لیلیٰ مجنوں تین دفعہ دیکھی۔

بیربل :- لو اور سنو اب ابُل فجل صاحب! نوجوان "لیلیٰ مجنوں" نہیں دیکھیں تو کیا
"بھگت پرہلاد" دیکھیں گے۔

اکبر :- اگر وہ بھگت پرہلاد جیسی تصویریں دیکھیں تو یقیناً ان کا اخلاق۔

بیربل :- اخلاق سے مجھے امیر مینائی کا ایک شعر یاد آگیا ؎

یا کبھی وقت یاد کر دیکھ تو شیخ جی
کیا کیا مزے اڑائے ہیں عہدِ شباب میں

یاد ہے حضور! آج سے بیس برس پہلے، جب ہم دونوں نوجوان تھے آپ
مجھے فلم "شیریں فرہاد" دیکھنے کے لئے لے گئے تھے اور آپ نے فرمایا
تھا کہ یہ فلم ہر نوجوان کو چار دفعہ دیکھنی چاہیئے۔

اکبر :- بالکل غلط، ہم نے یہ الفاظ ہرگز نہیں کہے۔

بیربل :- تو پھر ملّا دوپیازہ نے کہے ہوں گے۔

ملّا دوپیازہ :- جھوٹ، میں تو فلمیں دیکھتا ہی نہیں۔

بیربل :- تو پھر یہ الفاظ میں نے ہی کہے ہوں گے۔

اکبر :- بیربل تم اِدھر اُدھر کی باتوں میں کیبنٹ کا وقت ضائع کر رہے ہو۔
ابھی تک ہم یہ فیصلہ بھی نہیں کر سکے کہ شہزادے کے عشق کی وجہ کیا

ہے۔ خیر چھوڑئیے اسے۔ وجہ کچھ بھی ہو۔ یہ طے ہے کہ شہزادے کو عشق ہے۔ اب اس کے متعلق آپ کیا کہنا چاہتے ہیں۔

بیربل: میرے خیال میں تو ذاتی معاملہ ہے اس میں کیبنٹ کو بالکل دخل نہیں دینا چاہیئے۔

اکبر: یہ ذاتی معاملہ نہیں، شہزادہ ولی عہد ہے۔ اسے ایک دن بادشاہ بننا ہے۔

ملا دو پیازہ: میرے خیال میں اپنی نوعیت کا یہ پہلا معاشقہ ہے کہ ایک شہزادے کو ایک عام لڑکی سے عشق ہوا ہے۔

بیربل۔ پہلا نہیں دوسرا۔ ایڈورڈ ہشتم کو بھی تو مسز سمپسن سے عشق ہوا تھا۔

ٹوڈرمل۔ تو کیوں نہ اس معاملے میں برٹش کیبنٹ کے فیصلے سے استفادہ کیا جائے۔

عبدالرحیم خانخاناں۔ برٹش کیبنٹ کا تو فیصلہ تھا کہ ایڈورڈ برطانیہ کے تخت سے دستبردار ہو جائے یا مسز سمپسن سے شادی کرنے کا ارادہ ترک کرے۔

فیضی۔ شہزادے کے سامنے بھی یہی تجویز رکھی جائے۔

بیربل: خدا کے لیے ایسا نہ کرنا فیضی صاحب۔ نہیں تو لینے کے دینے پڑ جائیں گے۔

فیضی۔ کیسے؟

بیربل: اگر شہزادہ تخت سے دستبردار ہو گیا، تو؟

فیضی۔ شہزادہ ایسی غلطی کبھی نہیں کرے گا۔

بیربل۔ اگر ایڈورڈ ہشتم ایک طلاق یافتہ عورت کے لیے برطانیہ کا تخت ٹھکرا سکتا ہے تو کیا شہزادہ ایک دوشیزہ کے لیے ہندوستان کا تخت نہیں ٹھکرا سکتا۔

اکبر۔ بیربل ٹھیک کہتا ہے۔ نوجوان جوش میں آکر سب کچھ کر سکتے ہیں... ہاں

ابوالفضل آپ نے اب تک کچھ نہیں کہا۔ آپ کی کیا رائے ہے؟

ملّا دو پیازہ۔ کچھ تو کہیئے کہ لوگ کہتے ہیں، آج غالب غزل سرا نہ ہوا۔

ابوالفضل۔ میرے خیال میں تو پہلے یہ تحقیق کر لینا چاہیئے کہ آیا سی آئی ڈی کی رپورٹ صحیح ہے۔

اکبر۔ تو گویا آپ کو سراغ علی خاں پر اعتماد نہیں۔

ابوالفضل۔ اعتماد تو ہے لیکن کئی بار سراغ علی خاں اپنی کارگذاری دکھانے کے لئے واقعات اختراع بھی کر لیتا ہے۔

اکبر۔ آپ کا مطلب ہے کہ ہو سکتا ہے شہزادے کو انارکلی سے عشق نہ ہو۔

فیضی۔ تو سب سے پہلے اس بات کو کنفرم کرنا چاہیئے کہ شہزادے کو عشق ہے یا نہیں۔

اکبر۔ لیکن کیسے؟

ابوالفضل۔ میری سمجھ میں ایک تجویز آئی ہے، اگر کیبنٹ اس سے اتفاق کرے۔

فیضی۔ ٹوڈرمل۔ خانخاناں: ارشاد۔

ابوالفضل۔ کل شہزادے کا جنم دن ہے۔ ہم ہر سال یہ مبارک دن بڑی دھوم دھام سے مناتے ہیں۔ میرے خیال میں اس دفعہ یہ یوم سعید شاہی قلعہ لاہور میں منایا جائے۔

بیربل۔ اس تجویز کا زیر بحث معاملے سے کیا تعلق ہے۔

ابوالفضل۔ تعلق ابھی واضح ہو جائے گا۔ گورنر پنجاب اور اہل پنجاب کی مدت سے خواہش ہے کہ وہ اپنے محبوب شہزادے کا جنم دن لاہور میں منائیں۔ شہزادے کو بھی لاہور سے والہانہ محبت ہے۔

بیربل۔ ابھی تک تو تعلق واضح نہیں ہوا۔

ابوالفضل۔ صبر کیجیے، ابھی ہوا جاتا ہے۔ ہاں تو ہم سب کل بذریعہ اسپیشل ڈکوٹا لاہور چلیں اور شہزادے سے کہیں کہ وہ اپنا بہترین دوست بھی ساتھ لے چلے، ظاہر ہے کہ اگر اسے انارکلی سے محبت ہوگی تو وہ اسے ضرور ہمراہ لے جائیگا۔

اکبر۔ ہاں پھر؟

ابوالفضل۔ شاہی قلعہ لاہور میں جنم دن کی تقریب پر انارکلی سے ناچ اور گانے کی فرمائش کی جائے اور جب وہ ناچ رہی ہو تو شہزادے کا ردِ عمل ملاحظہ کیا جائے۔ عشق اور مشک چھپے نہیں رہتے۔ اگر ان دونوں کو ایک دوسرے سے محبت ہے تو ہمیں فوراً پتا چل جائے گا۔

اکبر۔ آفرین سبحان اللہ۔ کتنی اچھی تجویز ہے۔ مرحبا۔

بیربل۔ واہ مولانا ابُل فضل۔ بڑی دُور کی کوڑی لائے ہیں آپ۔ واقعی بہت عجیب دماغ پایا ہے آپ نے۔ وزیرِ اعظم جو ٹھہرے۔

اکبر۔ ہمیں یہ تجویز منظور ہے۔ ٹوڈرمل! ہم اس مہم کا انتظام آپ کے سپرد کرتے ہیں۔

ٹوڈرمل۔ بہتر یور میجسٹی

اکبر۔ (گھڑی دیکھتے ہوئے) چھ بجا چاہتے ہیں۔ آپ لوگ اب تشریف لے جا سکتے ہیں۔ ہم اب ریڈیو سیلون کا پروگرام سننا چاہتے ہیں۔

ابوالفضل، فیضی وغیرہ: گڈ نائٹ یور میجسٹی۔

پانچواں منظر

شاہی قلعہ ——— لاہور

(دیوانِ خاص میں ایک خاص جشن کا انتظام کیا گیا ہے۔ ہز میجسٹی اکبر تخت پر جلوہ افروز ہیں۔ ان کے دائیں طرف فیضی کی کرسی ہے۔ باقی وزراء کے علاوہ گورنر پنجاب، چیف منسٹر۔ وزرائے حکومت پنجاب اور لاہور کے رؤسا اور شرفا اس جشن میں شرکت کر رہے ہیں۔ شہزادہ سلیم ایک صوفے پر بیٹھے ہوئے "فلم انڈیا" کا تازہ شمارہ دیکھنے میں مصروف ہیں۔ ان کے عین سامنے ایک دوسرے صوفے پر انارکلی اپنا میک اپ درست کر رہی ہے۔ ہز میجسٹی کے سامنے مائک ہے اور وہ ایک آدھ بار کھانس چکنے کے بعد حاضرین سے خطاب فرمانے کا ارادہ کر رہے ہیں۔)

خواتین و حضرات! آپ نے جس محبت اور خلوص سے ہمارا استقبال کیا اس کی داد نہ دینا ظلم ہوگا۔ ابھی ابھی گورنر پنجاب نے جو ایڈریس پڑھا اس سے ہم کافی مرعوب ہوئے۔ ہمارے خیال میں یہ پہلا ایڈریس ہے جس میں کسی دوسرے ایڈریس سے کوئی فقرہ اڑایا نہیں گیا، ورنہ عام طور پر ایڈریسوں میں کوئی چیز نئی نہیں ہوتی گورنر پنجاب نے ایڈریس میں کئی بار اہلِ پنجاب کی زندہ دلی کا ذکر کیا ہے۔

ہم اہلِ پنجاب اور بالخصوص اہلِ لاہور کی زندہ دلی کے قائل اور قتیل ہیں۔ اہلِ لاہور نے اردو ادب کی جو خدمت کی ہے اس سے ہم بھی بے خبر نہیں لیکن خدا جانے خواتین و حضرات یہ لاہور کی آب و ہوا کا اثر ہے یا کسی کے ان بڑے بڑے گلاسوں کا جو آپ حضرات دن رات نوش کیا کرتے ہیں کہ لاہور کا ہر آرٹسٹ اور ادیب پہلوان اور ہر پہلوان کنگ کانگ نظر آتا ہے۔ ہوائی اڈہ پر جب ہمارا

تعارف مجید لاہوری سے کرایا گیا تو ہمیں شبہہ ہوا کہ یہ صاحب سیدھے کسی اکھاڑے سے تشریف لا رہے ہیں۔ مصافحہ کرتے ہوئے ہمارے دستِ مبارک کو انھوں نے اس زور سے جھٹکا دیا کہ ہم بڑی مشکل سے اپنے کو سنبھال سکے۔ یا اللہ کیا جسم پایا ہے لاہور کے اس مزاح نگار نے۔

خواتین و حضرات! اہلِ لاہور کی مدت سے خواہش تھی کہ وہ شہزادہ سلیم کا جنم دن لاہور میں منائیں۔ ان کی خواہش کا احترام کرتے ہوئے اس خاص جشن کا انتظام کیا گیا ہے۔ اس موقع پر ہم چاہتے ہیں کہ آگرہ کی مشہور رقاصہ نادرہ عرف انارکلی اپنے رقص کا کمال دکھا کر آپ سب کو مسحور و محظوظ کرے۔ چنانچہ ہم حکم دیتے ہیں کہ انارکلی اپنا رقص شروع کرے۔ رقص کے بعد اگر وقت ملا تو لتا منگیشکر کے تازہ ترین ریکارڈ بھی سنوائے جائیں گے۔

انارکلی: (صف سے اٹھ کر آداب بجا لاتی ہے) یور میجسٹی! کون سا رقص آپ پسند فرمائیں گے۔ کتھک، کتھا کلی، بھارت ناٹیم یا منی پوری؟

اکبر۔ ان چاروں میں سے کوئی بھی نہیں۔

انارکلی، گستاخی معاف، یور میجسٹی! لیکن وجہ؟

بیربل، وجہ ظاہر ہے۔ ہز میجسٹی مغل بچے ہیں، کوئی اُدے شنکر یا رام گوپال تھوڑے ہی ہیں کہ بھارت ناٹیم یا کتھا کلی کی باریکیوں کی داد دے سکیں۔

انارکلی۔ تو پھر کون سا رقص کیا جائے؟

بیربل۔ کوئی سیدھا سادھا پنجابی رقص ہو جائے۔

ملا دو پیازہ۔ حسنِ مذاق ملاحظہ ہو ۔۔۔ پنجابی رقص!

بیربل۔ ملاّ صاحب آپ نے پنجابی رقص کبھی دیکھا ہی نہیں، دیکھیں گے تو دماغ چکرا جائے گا۔

ملاّ دوپیازہ (حقارت سے) پنجابی رقص بھی کوئی رقص ہے بھلا!

بیربل۔ تم کیا جانو ملاّ۔ پنجابیوں کی ہر چیز میں بانکپن ہوتا ہے۔ واللہ کیا شعر فرمایا تھا ایک دفعہ ہز میجسٹی نے پنجابیوں کے متعلق ؎

سنایا رات کو قصہ جو ہیر رانجھے کا تو اہلِ درد کو پنجابیوں نے لوٹ لیا

ملاّ دوپیازہ۔ ابے جاہل! یہ شعر ہز میجسٹی کا نہیں۔

بیربل۔ تو اکبر الہ آبادی کا ہوگا، اس سے کیا فرق پڑتا ہے؟ اکبر الہ آبادی ہوئے یا اکبر آبادی ہوئے۔

اکبر۔ خاموش حضرات! انارکلی انتظار کر رہی ہے۔

انارکلی۔ ہاں تو پھر پنجابی رقص ہی ٹھیک رہے گا؟

اکبر۔ ہاں رقص چاہے پنجابی ہو لیکن غزل جو گائی جائے اردو کی ہونی چاہیئے۔

انارکلی۔ کس کی غزل سنئیے گا آپ۔ جوش، جگر، فراق؟

اکبر۔ بتاؤ بھئی فیضی! کس کی غزل سنیں گے آپ؟

فیضی۔ میرے خیال میں فراق کی غزل کا زیادہ لطف رہے گا۔

بیربل۔ مجھے آپ سے اتفاق ہے۔ جوش کا کلام تو اپنی سمجھ میں آج تک آیا ہے نہ آئیگا۔

ملاّ دوپیازہ۔ یہ سب آپ کی سمجھ کا قصور ہے، جوش کا قصور نہیں۔

اکبر۔ آرڈر، آرڈر۔

انارکلی۔ اچھا تو پہلے حضرت داغ کا ایک شعر سنئیے۔ اس کے بعد فراق کی غزل

ملاحظہ فرمایئے گا۔

بیربل۔ ارشاد، ارشاد!

انارکلی۔ (ایک خوبصورت اور نفیس سا خنجر ہاتھ میں لیتے ہوئے، داغ کا شعر گا کر پڑھتی ہے) ؎

ہم نے ان کے سامنے پہلے تو خنجر رکھ دیا
پھر کلیجہ رکھ دیا، دل رکھ دیا، سر رکھ دیا

(گانے کے دوران میں وہ ایک خاص ادا سے کنکھیوں سے سلیم کی طرف دیکھتی ہے۔ جواب میں سلیم مسکرا دیتا ہے)

بیربل۔ (داد دیتے ہوئے) خوب بہت خوب۔ استاد داغ نے قصاب کی دکان کا کتنا خوب نقشہ پیش کیا ہے۔

سلیم۔ مکرّر مکرّر۔

(انارکلی شعر دہراتی ہے۔ آہستہ آہستہ ناچتی ہوئی وہ سلیم کے قریب پہنچ جاتی ہے اور خنجر اس کے سامنے رکھ دیتی ہے۔ سلیم خنجر کو اٹھا کر سینے سے لگا لیتا ہے۔ بزمِ مخبتی کے دائیں کان میں ابوالفضل اور بائیں کان میں فیضی کھسر پھسر کرتے ہیں۔ یک لخت انارکلی ایک چوکڑی بھر کر سلیم سے دور چلی جاتی ہے۔ سلیم خنجر انارکلی کی طرف پھینکتا ہے۔ جسے وہ کمال صفائی سے دبوچ لیتی ہے حاضرین زور زور سے تالیاں پیٹتے ہیں)

انارکلی۔ اب فراق کی غزل ملاحظہ فرمایئے، مطلع ہے۔

بیربل۔ ارشاد۔

انار کلی۔ (گنگناتے ہوئے)

مطرب سے کہو آج اس انداز سے گائے
ہر دل کو لگے چوٹ سی، ہر آنکھ بھر آئے

بیربل۔ (رومال سے آنسو پونچھتا ہوا) سبحان اللہ۔ یہ مطلع ہے ٹیر گیس، سنتے ہی سب کی آنکھوں میں آنسو بھر آئے۔

ملا دو پیازہ۔ اماں پہلے کسی محفل میں داد دینے کا انداز سیکھو، تمہاری جلنے بلا کس پائے کا مطلع ہوا ہے۔

انار کلی۔ وہ شوخیٔ محتاط کے بچتے ہوئے انداز!
دنیا بھی نہ رہنے دے، قیامت بھی نہ ڈھائے

سلیم۔ مرحبا! آفرین! جانِ من! شاعر نے تمہیں کو دھیان میں رکھتے ہوئے یہ شعر کہا تھا۔ واللہ کیا بات ہے فراق گورکھپوری کی۔ شعر کیا ہے تصویر کھینچ کر رکھ دی ہے۔

انار کلی۔ آداب عرض۔

سلیم۔ پھر پڑھیئے صاحب۔ پھر پڑھیئے۔

(انار کلی وہی شعر دہراتی ہے)

انار کلی۔ شعر ملاحظہ فرمایئے

کچھ ایسی بھی گزری ہیں ترے ہجر میں راتیں
دل درد سے خالی ہو مگر نیند نہ آئے

سلیم۔ سبحان اللہ۔ غزل کی زبان اسے کہتے ہیں۔ واقعی ہمارے ہجر کی راتیں تو

ایسی ہی گزر رہی ہیں۔

(ابوالفضل ہز میجسٹی کے دائیں بائیں کان میں پھر کھسر پھسر کرتے ہیں)

انارکلی۔ (سلیم کی طرف کنکھیوں سے دیکھتی ہوئی) ؎

برسات کی اس رات میں اے دوست تری یاد

اِک تیز چھری ہے کہ اترتی ہی چلی جائے

سلیم۔ مکرر۔ مکرر۔ یہ شعر نہیں بخدا نشتر ہے نشتر۔

(انارکلی دوبارہ شعر پڑھتی ہے۔ وہ خنجر کو اپنے سینے سے پیٹ کی طرف اس طرح آہستہ آہستہ سرکاتی ہے۔ جیسے وہ واقعی اترتا چلا جا رہا ہے۔ سلیم کو شک گزرتا ہے کہ وہ خدانخواستہ خودکشی کرنے لگی ہے۔ فرطِ محبت سے بیتاب ہو کر وہ صوفے سے اٹھتا ہے اور انارکلی سے لپٹ جاتا ہے)

سلیم۔ خدارا ایسا نہ کرنا ڈارلنگ، ایسا نہ کرنا۔ نہیں تو سلیم کہیں کا نہ رہے گا۔

ٹوڈرمل (خوشی سے چلا کر) مل گیا یور میجسٹی مل گیا۔

بیربل۔ کیا مل گیا ٹوڈرمل! دبا ہوا خزانہ یا ٹیلی فون کا نمبر؟

ٹوڈرمل۔ ثبوت! محبت کا ثبوت!

خانخاناں۔ اب شک کی گنجائش نہیں۔

فیضی۔ کنفرمڈ، یور میجسٹی کنفرمڈ۔

ابوالفضل۔ جشن فوراً برخاست ہونا چاہیئے، یور میجسٹی!

بیربل۔ مقطع تو پڑھ لینے دیجئے ابُل فضل صاحب۔ مقطع! انارکلی، مقطع!

(اس اثنا میں سلیم اور انارکلی ایک دوسرے کے بازوؤں میں جکڑے ہوئے

ایک وارفتگی کے عالم میں کھڑے رہتے ہیں جیسے وہ دیوانِ خاص میں نہ ہوں خلوت میں محبت کر رہے ہوں۔ ہز میجسٹی اکبر غصے سے کانپنے لگتے ہیں۔ حاضرین جو طرح طرح کی چہ میگوئیاں کر رہے تھے۔ ڈر سے سہم جاتے ہیں)

اکبر۔ (تحکمانہ لہجے میں) انارکلی! اپنی گرفت ڈھیلی کرو، شہزادے کو فوراً چھوڑ دو۔

انارکلی۔ (مسکرا کر) میں تو چھوڑ دوں حضور لیکن وہ بھی مجھے چھوڑیں تو۔

اکبر۔ سلیم! فوراً اپنی نشست پر واپس جاؤ (مولانا فیضی سے) مولانا فیضی! انارکلی کو اسی وقت حراست میں لے لیا جائے۔

فیضی۔ بہتر یور میجسٹی!

سلیم۔ (جو اب اپنی نشست پر جا چکا ہے۔ اٹھ کر) لیکن اس کا قصور ڈیڈی! اس نے تو بہت اچھی غزل سنائی ہے آپ کو۔

اکبر۔ خاموش۔ تم ابھی بچے ہو، ان باتوں کو نہیں سمجھ سکتے۔

سلیم۔ بچہ کہاں ہوں ڈیڈی! آج تو میرا اکیسواں جنم دن منایا جا رہا ہے۔

اکبر۔ دوبارہ خاموش! (حاضرین سے) جشن برخاست کیا جاتا ہے۔ آپ لوگ خاموشی سے تشریف لے جا سکتے ہیں۔ ہاں۔ ہم اخبارات کو خاص تنبیہہ کرنا چاہتے ہیں کہ آج کے واقعہ کی رپورٹ کسی اخبار میں نہ بھجوائی جائے نہیں تو سخت ترین سزا دی جائے گی۔

(حاضرین رخصت ہوتے ہیں)

سلیم۔ ڈیڈی! میری سمجھ میں تو کچھ نہیں آیا کہ یہ معاملہ کیا ہے۔

اکبر۔ شیخو! تم ابھی امورِ سلطنت نہیں سمجھ سکتے۔

سلیم۔ امورِ سلطنت؟

اکبر۔ خاموش۔ تم ہمیں آج لنچ کے بعد ہمارے ڈرائنگ روم میں ملو۔ ہم تم سے ایک ضروری بات کرنا چاہتے ہیں۔ اس وقت تم محل میں جاکر آرام کرو۔

(سلیم جاتا ہے)

اکبر۔ ہاں مولانا ابوالفضل! اب آپ کیا کہتے ہیں؟

ابوالفضل۔ میری رائے میں کیبنٹ کا خاص اجلاس بلانا چاہیئے۔

بیربل۔ آپ خواہ مخواہ اس معاملے کو طول دے رہے ہیں۔ اخبارات میں رپورٹ آگئی تو بڑا اسکینڈل.......

اکبر۔ خاموش بیربل معاملہ بہت سنگین ہے۔ مولانا ٹھیک کہتے ہیں۔ کیبنٹ کا اجلاس ہونا چاہیئے۔

بیربل۔ یونہی سہی یور میجسٹی۔

آج رات کے نو بجے اسی جگہ خاص اجلاس ہوگا۔ تب تک آپ اس معاملے پر سنجیدگی سے غور کریں۔ اب آپ گیسٹ ہاؤس میں تشریف لے جا سکتے ہیں۔

ابوالفضل فیضی وغیرہ:۔ شب احافظ یور میجسٹی۔

چھٹا منظر

شاہی خون

قلعہ لاہور میں ہز میجسٹی کا ڈرائنگ روم

(ہز میجسٹی لنچ کھانے کے بعد ریڈیو کی دوسری مجلس کا پروگرام سن رہے ہیں۔ سلیم

داخل ہوتا ہے۔)

سلیم ۔ اجازت ہے ڈیڈی!

اکبر (بے رخی سے) اجازت ہے۔

(سلیم کمرے کے اندر آتا ہے)

اکبر (سلیم سے) ریڈیو بند کردو اور بیٹھ جاؤ۔

(ایک آدھ منٹ دونوں خاموش رہتے ہیں)

اکبر ۔ (کھانس کر) شیخو! ہمیں تم سے یہ امید نہ تھی۔

سلیم (حیرانی سے) کیسی امید ڈیڈی؟ میں آپ کا مطلب نہیں سمجھا۔

اکبر ۔ کہ تم ایک معمولی لڑکی سے عشق کرو گے۔

سلیم ۔ ڈیڈی! آپ کیسی باتیں کرتے ہیں، بخدا! وہ معمولی لڑکی نہیں ہے۔ آپ کو معلوم نہیں کہ ایف ایس سی کے امتحان میں وہ آگرہ یونیورسٹی میں اوّل آئی تھی۔ اس کے علاوہ ٹینس کی چیمپئن ہے اور بریسٹ سٹروک تیرنے میں تو اس کا ریکارڈ ہے۔

اکبر ۔ کچھ بھی ہو، آخر کنیز ہے۔

سلیم ۔ (حیرت سے) تو کیا کنیز عورت نہیں ہوتی ڈیڈی!

اکبر ۔ ہوتی ہے لیکن ادنیٰ درجے کی۔

سلیم ۔ تعجب ہے ڈیڈی کہ آپ جمہوریت کے دور میں ادنیٰ اور اعلیٰ میں تمیز روا رکھتے ہیں۔ حالانکہ شاعرِ مشرق ببانگِ دہل اعلان فرما چکے ہیں ؎

سلطانیِ جمہور کا آتا ہے زمانہ

اگر آپ کو شاعرِ مشرق کے ارشاد میں شک ہے تو کم از کم آئین کا ہی خیال فرمایئے جس کی دفعہ نمبر سات کے مطابق بندہ و صاحب و محتاج و غنی ایک ہو چکے ہیں۔

اکبر - تاہم ایک کنیز کی رگوں میں شاہی خون کی تلاش کرنا بے سود ہے۔

سلیم - شاہی خون! معاف کیجیے گا، شاہی خون کی تھیوری مدت سے ایکسپلوڈ ہو چکی ہے ڈیڈی! روسی ڈاکٹر کاف ڈاف گاڈاماڈادسکی نے اپنی تازہ ترین ریسرچ سے ثابت کر دیا ہے کہ شاہی اور غیر شاہی خون میں بالکل فرق نہیں۔ جس کتاب میں اس نے اس دلچسپ نکتے کا انکشاف کیا ہے وہ ہمارے کالج کی لائبریری میں ہے۔ لطف یہ کہ بڑی سستی کتاب ہے۔ حجم پندرہ سو صفحے، قیمت صرف پندرہ آنے، اگر آپ چاہیں تو وہ کتاب میں آپ کے لیے لا سکتا ہوں۔ مگر افسوس آپ پڑھ نہیں......

اکبر - ہمیں کاف ڈاف گاڈاماڈادسکی کا حوالہ دے کر مرعوب کرنے کی کوشش مت کرو سلیم! وہ چاہے کچھ کہے، ہم جانتے ہیں کہ شاہی خون آخر شاہی خون ہے اور پھر تمہیں بالآخر کسی مغل زادی یا کم از کم راجپوتنی سے شادی کرنا ہے۔ تم ایک کنیز سے محبت کرکے خواہ مخواہ اپنا وقت ضائع کر رہے ہو۔

سلیم - معاف کیجیے ڈیڈی مجھے مغل زادیاں اور راجپوتنیاں بالکل پسند نہیں۔

اکبر - کیوں پسند نہیں۔

سلیم - گستاخی معاف۔ مغل زادیاں تو انگریزی ایک لفظ نہیں بول سکتیں۔ جب بھی ان سے بات کرو، بفرمائید، بفرمائید کی گردان دہرانے لگتی ہیں اور

راجپوتنیاں گز بھر لمبا گھونگھٹ نکالتی ہیں پھر ہاتھوں اور پاؤں میں اتنے وزنی گہنے پہنتی ہیں کہ ان کے لئے بسا اوقات چلنا محال ہو جاتا ہے۔

اکبر ۔ (غصے سے) تو آخر انارکلی میں کون سے لال جڑے ہیں کہ تم کسی اور کو خاطر میں نہیں لاتے۔

سلیم ۔ کیا عرض کروں ڈیڈی کہ اس میں مجھے کیا نظر آیا ہے۔ بس ایک مصرع پر اکتفا کرتا ہوں ؎ اُس غیرتِ ناہید کی ہر تان ہے دیپک!

اکبر ۔ شاعری مت کرو، انارکلی کی خوبیاں نثر میں بیان کرو۔

سلیم ۔ تو سنئے ڈیڈی! اس میں شوخی ہے، چنچلتا ہے، بانکپن ہے۔ وہ مشرقی رقص کے علاوہ مغربی رقص بھی جانتی ہے۔ اُس کا قد و قامت متناسب ہے۔ وافر چربی اس کے جسم کو چھو تک نہیں گئی اور سو خوبیوں کی ایک خوبی یہ کہ وہ مجھے پسند ہے۔

اکبر ۔ ان میں سے کوئی بھی خوبی ایسی نہیں جو ہمیں ذاتی طور پر پسند ہو۔

سلیم ۔ بجا ہے ڈیڈی لیکن جان کی امان پاؤں تو عرض کرنا چاہتا ہوں کہ شادی تو مجھے کرنی ہے نہ کہ......

اکبر ۔ خاموش۔ آداب گفتگو سے غافل ہونے کی کوشش مت کرو۔

سلیم ۔ بیگ یور پارڈن۔

اکبر ۔ اس انگریزی فقرے کا کیا مطلب ہے؟

سلیم ۔ معذرت چاہتا ہوں۔

اکبر ۔ ٹھیک ہے۔ اچھا اب ہم تمھیں اپنے آخری فیصلہ سے آگاہ فرمانا چاہتے

ہیں۔ تمھیں انارکلی کو ترک کرنا ہوگا۔

سلیم۔ ناممکن۔

اکبر۔ ناممکن؟ شہزادے تم گستاخی کے مرتکب ہو رہے ہو ـــ عتاب شاہی سے ڈرو۔ اگر ہمیں خدانخواستہ غصہ آگیا تو......

سلیم۔ ڈیڈی! آپ بھول رہے ہیں کہ آپ شہنشاہ ہونے کے علاوہ ڈیڈی بھی ہیں

اکبر۔ اور تم بھول رہے ہو کہ تم شہزادے ہونے کے علاوہ شیخو بھی ہو۔

سلیم۔ (لاڈ سے) تو پھر اپنے پیارے شیخو کی بات مان لیجئے نا!

اکبر۔ ناممکن! ہم شہنشاہ پہلے ہیں، باپ بعد میں ہیں۔

سلیم۔ گستاخی معاف، ڈیڈی! یہی تو آپ کی غلطی ہے۔

اکبر۔ غلطی؟ اب تمھیں یہ جرأت بھی ہوئی کہ تم ہماری غلطیاں نکالنے لگے۔ معلوم ہے کس سے گفتگو کر رہے ہو۔

سلیم۔ اپنے پیارے ڈیڈی سے۔

اکبر۔ بار بار ڈیڈی کہہ کر ہمیں بہکانے کی کوشش مت کرو سلیم! ہم اپنے فیصلہ میں کسی قسم کا ردوبدل کرنے کے لئے تیار نہیں۔

سلیم۔ ڈیڈی! مجھے آپ سے یہ امید نہ تھی۔

اکبر۔ امید! تو کیا تم ہم سے یہ توقع رکھتے ہو کہ ہم ایک معمولی کنیز کو اپنی بہو بنالیں گے۔ موری کی اینٹ کو چوبارے میں لگالیں گے اور لوگوں کو یہ کہنے کا موقع دیں گے.... کہ غیرت نام تھا جس کا گئی تیمور کے گھر سے۔

اونہہ ہمارا دماغ چل گیا ہے کیا۔

سلیم۔ دماغ تو میرا سی چل گیا ہے ڈیڈی کہ میں شہنشاہِ ہند کو ڈیڈی سمجھ رہا ہوں۔

اکبر۔ خاموش! تم پہلے ہی کافی گستاخیاں کر چکے ہو۔ ہمارے صبر کا پیمانہ لبریز ہو چکا ہے۔ خیریت اسی میں ہے کہ عتابِ شاہی سے ڈرو۔

سلیم۔ بہت اچھا ڈیڈی۔ میں اب اور کچھ نہیں کہونگا۔

اکبر۔ ہاں، تم جا سکتے ہو۔ دیکھو فضول باتوں میں وقت ضائع مت کرو سنجیدگی سے اپنے یونیورسٹی کے امتحان کی تیاری کرو۔

سلیم۔ (اٹھتے ہوئے) گڈ ڈے ڈیڈی!

اکبر۔ گڈ ڈے۔

(سلیم جاتا ہے۔ ہزمیجسٹی کمرے میں ایک آدھ منٹ ٹہلتے ہیں۔ پھر صوفے پر دراز ہو جاتے ہیں اور چھت کی طرف دیکھ کر کہتے ہیں)

اکبر۔ معمولی کنیز اور ملکۂ ہندوستان بننے کے خواب۔ ذرا منہ کیا لگایا اپنی اوقات ہی بھول گئی۔ گستاخ لڑکی۔ اسے سخت سے سخت سزا دی جائے گی۔ سخت تر، سخت ترین، سخت سخت ترین۔

(ہزمیجسٹی اونگھنے لگتے ہیں۔ تھوڑی دیر بعد انھیں نیند آجاتی ہے.......)

ساتواں منظر

چچا اور بھتیجا

(شاہی قلعہ لاہور میں بیربل کا محل)

(سلیم اور بیربل ایک صوفے پر بیٹھے ہوئے باتیں کر رہے ہیں)

سلیم ۔ چچا! خدا کے لیئے مدد کیجئے۔ عجب وقت آن پڑا ہے۔
بیربل ۔ گھبراؤ نہیں بیٹے۔ حفیظ جالندھری کا مشہور مصرع تو تم نے سنا ہی ہو گا۔

اب عشق کیا ہے تو صبر بھی کرو اس میں تو یہی کچھ ہوتا ہے

سلیم ۔ عشق! چچا کاش تم نے کسی سے عشق کیا ہوتا۔
بیربل ۔ بیٹے! اپن تو عشق کرنے کو ہر وقت راضی ہوں۔ مگر فریقِ ثانی نہیں مانتا۔ اصل میں فریقِ ثانی کا بھی قصور نہیں۔ بقول داغ

ایسی صورت سے پیار کون کرے

سلیم ۔ چچا! آپ کو شعر بازی سوجھ رہی ہے۔ یہاں جان پر بنی ہے۔ انارکلی تہہ خانے میں نظر بند ہے اور ڈیڈی اسے سخت سے سخت سزا دینے پر تلے ہوئے ہیں۔ اسے بچانے کی تدبیر......
بیربل ۔ فکر نہ کرو بیٹے جب تک بیربل زندہ ہے انارکلی کا کوئی بال بیکا نہیں کر سکتا۔
سلیم ۔ شکریہ چچا۔ لیکن اگر انارکلی کو پھانسی کی سزا دے دی گئی تو......
بیربل ۔ تو یقیناً سلیم خودکشی کرے گا۔
سلیم ۔ تو چچا یہ کتنی زبردست ٹریجڈی ہو گی۔
بیربل ۔ اور یہ سب اس لیئے کہ ہز مجسٹی نے فیضی اور ابوالفضل کو بہت منہ لگا رکھا ہے۔ جو اناپ شناپ مشورہ وہ دیتے ہیں ہز مجسٹی اس پر......
سلیم ۔ مجھے ان دونوں بھائیوں پر رہ رہ کر غصہ آتا ہے۔ جی چاہتا ہے دونوں کو قبائلی علاقے میں بھجوا دوں۔
بیربل ۔ قبائلی علاقے میں فرض کرو انارکلی کو قبائلی علاقے میں بھجوا دیا جائے۔

سلیم۔ خدا کے لئے ایسا مت کرنا چچا، قبائلی علاقے میں نہ کوئی ڈاک خانہ ہے نہ تار گھر۔ وہاں سے خط آسکتا ہے نہ تار اور نہ ٹیلیفون پر گفتگو ہو سکتی ہے۔

بیربل۔ کوئی بات نہیں۔ کبوتر بھیجے جا سکتے ہیں۔ انھیں بطور نامہ بر.......

سلیم۔ یہاں ہاتھوں کے طوطے اڑے جا رہے ہیں، آپ کبوتروں کا ذکر لے بیٹھے۔ خدا کے لئے مذاق چھوڑیئے اور سنجیدگی سے اس معاملہ پر غور کیجیے۔

بیربل۔ دیکھو آج شام کیبنٹ کا خاص اجلاس ہو رہا ہے۔ میں ہز میجسٹی کو مشورہ دوں گا کہ انارکلی کو جلا وطن کر دیا جائے۔

سلیم۔ پھر؟

بیربل۔ انارکلی کی بجائے کسی اور لڑکی کو جلا وطن کر دیا جائے گا۔

سلیم۔ اور انارکلی!

بیربل۔ انارکلی تمہارے ساتھ آگرہ واپس جائے گی اور تم دونوں میرے گھر میں تب تک چوری چھپے رہو گے جب تک ہز میجسٹی کا موڈ ٹھیک نہیں ہو جاتا۔

سلیم۔ اور اگر ڈیڈی کو پتا چل گیا تو ہمارے ساتھ آپ کی بھی خیر نہیں۔

بیربل۔ ہز میجسٹی کو پتا نہیں چلے گا۔

سلیم۔ لیکن انارکلی کی بجائے کوئی اور لڑکی جلا وطن ہونا کیوں پسند کرے گی۔

بیربل۔ اس کا انتظام کیا جا چکا ہے۔ دراصل وہ لڑکی جلا وطن نہیں ہو گی بلکہ ایک لمبی مدت کے بعد وطن مالوف کو لوٹے گی۔

سلیم۔ وہ لڑکی کون ہے؟

بیربل۔ وہ ایک قبائلی دوشیزہ ہے اور حسنِ اتفاق سے اس کا نام بھی انارکلی ہے۔

قبائلی علاقے سے وہ فلموں میں ہیروئن بننے کیلئے لاہور آئی تھی لیکن کوشش کے باوجود اُسے سائیڈ ہیروئن کا رول بھی نہیں ملا۔ میں نے اسے ایک معقول رقم دے کر راضی کر لیا ہے کہ وہ اپنے گھر لوٹ جائے۔

سلیم۔ لیکن میری انارکلی میرے ساتھ آگرے کیسے جائے گی۔

بیربل۔ یہ تو بالکل معمولی سی بات ہے اور دراصل برقعے کی کرامات ہے۔

سلیم۔ برقعے کی کرامات!

بیربل۔ نہیں سمجھے، میں انارکلی کو قبائلی علاقے تک پہنچانے کا ذمہ لوں گا۔ جب میں اس کی معیت میں لاہور ریلوے اسٹیشن کے پلیٹ فارم نمبر ا پر پہنچوں گا، وہاں تم ایک عربی شہزادے کے بھیس میں قبائلی انارکلی کے ساتھ میرا انتظار کر رہے ہو گے۔ دونوں انارکلیوں نے بالکل ایک ہی رنگ کے ریشمی برقعے پہن رکھے ہوں گے۔ چنانچہ تم اپنی چاہیتی کو لے کر "آگرہ ایکسپریس" میں سوار ہو جاؤ گے اور میں قبائلی انارکلی کو لے کر "پشاور میل" میں۔ اللہ اللہ خیر سلا۔

سلیم۔ مرحبا! آفرین چچا! واقعی آپ کی ذہانت کا جواب نہیں۔

آٹھواں منظر

جرم و سزا

(دیوانِ خاص شاہی قلعہ لاہور میں کیبنٹ کا خاص اجلاس)

اکبر۔ حضرات اس میں رتی بھر شک نہیں کہ انارکلی مجرم ہے کیونکہ اس نے شہزادے کو بہکانے کی کوشش کی ہے۔ اس کے لئے آپ کیا سزا تجویز

کرنا چاہتے ہیں۔

ملا دو پیازہ۔ اسے زمین میں زندہ گاڑ دیا جائے۔

بیربل۔ واہ ملا صاحب واہ! چاند سی لڑکی کو خاک میں ملانا چاہتے ہو تا کہ لوگ تم پر یہ پھبتی کس سکیں سے چہ داند بوزنہ لذاتِ ادرک ہ

ملا دو پیازہ۔ لبے چپ رہ۔ بڑا آیا حسن پرست۔ پتا بھی ہے اس نے کتنے سنگین جرم کا ارتکاب کیا ہے۔

بیربل۔ اس کا جرم صرف اتنا ہے کہ وہ تمہارے بجائے شہزادہ سلیم سے کیوں محبت کر گئی ہے۔

اکبر۔ خاموش بیربل! معاملہ بہت نازک ہے اس پر سنجیدگی سے غور کرنے کی ضرورت ہے۔

خانخاناں۔ میرے خیال میں انارکلی کو پھانسی کی سزا ملنی چاہیئے۔

بیربل۔ یک نہ شد دو شد۔ خانخاناں صاحب آپ نے ملا دو پیازہ کو بھی مات کر دیا۔ (اکبر سے) یور میجسٹی میری مانیئے تو جس طرح بھی ہو سکے اس معاملہ کو رفع دفع کر دیجیے۔

اکبر۔ وہ کیوں؟

بیربل۔ اگر اخبار والوں نے تفاصیل چھاپ دیں تو خیر و عافیت معلوم ہو جائے گی اور خدا نخواستہ امریکن اخبار "ڈیلی سیکنڈل" کو پتا چل گیا تو مہینوں شہزادے کے عشق کے چرچے رہینگے۔

اکبر۔ یہ تو صحیح ہے اس کا مطلب یہ ہوا کہ انارکلی کو کوئی معمولی سزا دینا چاہیئے۔

بیربل۔ بجا فرمایا آپ نے مثلاً اسے آگرہ یونیورسٹی سے لکھنؤ یونیورسٹی میں

مائی گریٹ کرنے کے لئے کہا جا سکتا ہے۔

فیضی ۔ یہ تو کوئی سزا نہیں۔ شہزادہ اور انار کلی ویک اینڈ آگرہ یا لکھنؤ میں منا سکتے ہیں۔

ملا دو پیازہ ۔ میرے خیال میں انار کلی کو سزا کے طور پر ریڈیو کی تمام تقاریر سننے پر مجبور کیا جائے۔

اکبر ۔ یہ بہت سنگین سزا ہوگی۔ ہمارا ذاتی تجربہ ہے کہ صابر سے صابر سامع بھی ریڈیو کی تقاریر کی دو ایک منٹ سے زیادہ تاب نہیں لا سکتا۔

بیربل ۔ اس سزا کے متعلق کیا خیال ہے۔

اکبر ۔ کہیئے۔

بیربل ۔ انار کلی کو وہ تمام روسی ناول پڑھنے کے لئے کہا جائے جن پر اسٹالن پرائز مل چکا ہے۔

اکبر ۔ یہ سزا حد سے زیادہ منتقمانہ ہوگی۔

بیربل ۔ تو پھر صرف ایک سزا باقی رہ گئی ہے۔ یعنی انار کلی کو قبائلی علاقے میں بھجوا دیا جائے۔ کیونکہ اس کے والدین وہاں سے ہجرت کر کے ہندوستان آئے تھے۔

اکبر ۔ ابوالفضل! آپ کی اس تجویز کے بارے میں کیا رائے ہے۔

ابوالفضل ۔ تجویز تو کافی معقول ہے لیکن سوال یہ ہے کہ انار کلی کے ہمراہ قبائلی علاقے تک کون جائے گا۔

ملا دو پیازہ ۔ میری دانست میں بیربل اس کام کے لئے موزوں ترین شخص ہے۔

بیربل ۔ ٹھیک ہے۔ ہر مشکل مہم کے لئے بیربل موزوں ترین شخص ہے اور تمہارا کام صرف حلوہ مانڈا اڑانا ہے۔

ملا دو پیازہ ۔ بے بزدل ڈرتا کیوں ہے۔ آخر قبائلی تجھے کھا تو نہیں جائینگے۔

خانخاناں۔ بیربل نے خود ہی قبائلی علاقے کی تجویز پیش کی اور اب وہاں جانے سے ڈر رہا ہے۔ مجھے ایک شعر یاد آگیا۔

اکبر۔ ارشاد۔

خانخاناں۔ ؎ کہا کابل چلے جائیں، کہا کابل چلے جاؤ
کہا افغان کا ڈر ہے، کہا افغان تو ہو گا

اکبر۔ (قہقہہ لگا کر) بہت خوب! کہیئے بیربل صاحب آج تو بُرے پھنسے۔ اب تو قبائلی علاقے میں جانا ہی پڑے گا۔

بیربل۔ حکمِ حاکم مرگِ مفاجات۔ اگر آپ مُصر ہیں تو میں چلا جاؤں گا۔

اکبر۔ چلے تو جاؤ گے لیکن وہاں سے واپس کیسے آؤ گے اس کے متعلق بھی سوچ لو۔

ملا دو پیازہ۔ یور میجسٹی! اگر یہ گھامڑ واپس نہ آسکا تو کون سا غضب ہو جائیگا۔ ہم سمجھ لیں گے کہ انارکلی کے علاوہ اس مصیبت سے بھی نجات ملی۔

بیربل۔ ٹھیک ہے، اور ہزمیجسٹی کا دل بہلانے کے لئے تیرے ایسے نظر بٹو آگرہ میں رہ جائیں گے۔

اکبر۔ آرڈر پلیز...... اچھا تو یہ طے ہے کہ بیربل انارکلی کو قبائلی علاقے تک پہنچانے کا ذمہ لیتا ہے۔ ہم بیربل سے یہ جاننا چاہیں گے کہ وہ کون سے رستے سے قبائلی علاقے میں جائے گا۔

بیربل۔ یور میجسٹی۔ یہ سب مجھ پر چھوڑ دیجیے۔ راستے کی تفاصیل سن کر آپ خواہ مخواہ بور ہوں گے۔ میرے خیال میں ریڈیو پر آپ کی فرمائش کا وقت ہو گیا ہے۔ آپ تخلیہ میں تازہ ترین نغمے سماعت فرمادیں۔

اکبر۔ ہمیں اس تجویز سے سو فیصد اتفاق ہے۔ اجلاس برخاست کیا جاتا ہے۔

نواں منظر

چند روز اور مری جان فقط چند ہی روز

آگرہ میں بیربل کا محل

(سلیم اور انارکلی چائے پی رہے ہیں۔ بیربل کمرے میں داخل ہوتا ہے)

بیربل۔ ہیلو عربی شہزادے! کہو کیا حال ہے۔

سلیم۔ ہیلو انکل! آپ کی دعا ہے۔

بیربل۔ اور ہماری قبائلی شہزادی تو خوش ہے نا؟

انارکلی۔ بہت خوش، اتنی خوش کہ اس کا ناچنے کو جی چاہتا ہے۔

سلیم۔ چچا، یہ سلسلہ کب تک چلے گا۔ اب تو دو ہفتے ہونے کو آئے۔

بیربل۔ کیوں بیٹے تمھیں یہاں کیا تکلیف ہے۔ فلم فیئر اور سکرین پڑھنے کو مل جاتے ہیں۔ سیکنڈ شو میں فلم بھی دیکھ آتے ہو۔ اتوار کو پکنگ کا پروگرام رہتا ہے اور پھر شادی سے پہلے ہنی مون منانے کے کافی امکانات ہیں۔

سلیم۔ یہ تو آپ بجا فرماتے ہیں، مگر ڈیڈی؟

بیربل۔ اُن کی کچھ نہ پوچھیے۔ بہت پریشان ہیں۔ ہر وقت گم سم رہتے ہیں۔ ریڈیو سیلون اور وودھ بھارتی تک کے پروگرام سننا ترک کر رکھا ہے۔ خواب میں اکثر چلاتے ہیں۔ شیخو واپس آ جاؤ۔ میں بہت اداس ہوں!

شیو خدا کے لئے مجھے معاف کردو۔

سلیم۔ ڈیڈی ایک دم سلی ہیں۔ ممی کا کیا حال ہے؟

بیربل۔ شروع میں تو بیچاری کو بہت صدمہ پہنچا۔ وہ ایک دن کھانا نہیں کھایا۔ ہز میجسٹی کو کھری کھری سنائیں۔ یہاں تک کہہ دیا کہ خود تو پانچ ہزار کو حرم کئے بیٹھے ہو، میرے بیٹے نے ایک سے عشق کیا تو سینے پر سانپ کیوں لوٹنے لگے۔

سلیم اور انار کلی۔ (تالیاں بجا کر) ویل ڈن ممی، ویل ڈن۔

بیربل۔ مگر چوتھے دن میں نے تمہاری فرضی خودکشی کا راز انہیں بتا دیا۔ سن کر بہت خوش ہوئیں، موتیوں کی مالا انعام میں دی اور کہا بیربل اگر تم نہ ہوتے تو مغلیہ سلطنت کا خدا ہی حافظ تھا۔

سلیم۔ لیکن کیا ڈیڈی کو سچ مچ یقین ہے کہ میں نے خودکشی کرلی ہے۔

بیربل۔ سو فیصد یقین، در اصل انھیں یقین دلایا گیا ہے اور ایسا کرنے کے لئے ایک اخبار کی خدمات کی گئیں۔

سلیم۔ وہ کیسے؟

بیربل۔ ایک دن اخبار "ٹائمز آف دہلی" میں یہ خبر چھپوائی گئی کہ شہزادہ سلیم نے قطب مینار سے چھلانگ لگا کر خودکشی کرلی ہے۔ نامہ نگار نے خبر دیتے ہوئے لکھا۔ خودکشی کرنے سے پندرہ منٹ پہلے شہزادے نے ایک بیان دیا جس میں اس نے ہز میجسٹی کے آمرانہ رویے کی سخت مذمت کی اور کہا میں پروٹسٹ کے طور پر خودکشی کر رہا ہوں تاکہ زمانہ

مستقبل کے مغل شہزادے خوبصورت لونڈیوں سے محبت کرسکیں۔

انارکلی۔ لیکن اس جھوٹ کو نباہا کس طرح گیا۔ خودکشی کے بعد شہزادے کی نعش کا کیا بنا؟

بیربل۔ اس معاملے میں بھی نامہ نگار آڑے آیا۔ اس نے ایک خبر دیتے ہوئے لکھا کہ جس وقت شہزادہ سلیم کی نعش کو پوسٹ مارٹم کے لئے لے جایا جا رہا تھا یک لخت وہ ایمبولینس کار سے اچھل کر عرشِ بریں کی طرف پرواز کرنے لگی اور ساتھ ہی فضا میں یہ الفاظ سنے گئے "میں عاشقِ صادق ہوں، میں پوسٹ مارٹم کیلئے نہیں رک سکتا کیونکہ میں انارکلی سے جس نے قبائلی علاقے میں خودکشی کرلی ہے جنت میں جلد از جلد ملنا چاہتا ہوں۔"

سلیم۔ تو کیا ڈیڈی اس بیہودہ خبر پر ایمان لے آئے۔

بیربل۔ اور کرتے بھی کیا۔ "اخبار ٹائمز آف دہلی" میں اگر جھوٹ بھی چھپے تو اُسے سچ تسلیم کرنا پڑتا ہے۔ اس ظالم کی ساکھ ایسی ہے۔

انارکلی۔ یہ بات تو صحیح ہے۔ اگر وہ آپ کی وفات کی خبر چھاپ دے اور آپ زندہ ہوں پھر بھی اس خبر کو پڑھتے وقت ایک بار تو آپ کو بھی یقین آجائے گا کہ آپ واقعی اللہ کو پیارے ہوگئے ہیں۔

سلیم۔ چچا! ڈیڈی کا تازہ ترین ردِ عمل کیا ہے۔ کیا وہ محسوس کرتے ہیں کہ انھوں نے انارکلی کے ساتھ ناانصافی کی۔

بیربل۔ ناانصافی تو بہت ہلکا سا لفظ ہے۔ اب تو وہ چھاتی پر دوہتڑ مار کر کہتے ہیں "میں گنہگار ہوں، میں نے اپنے شیخو کی جان لی، انارکلی کی

جان لی، میں قاتل ہوں، میں پوٹاشیم سائی نائیڈ پھانک کر خودکشی کر لوں گا۔"

سلیم۔ خدانخواستہ اگر انھوں نے سچ مچ خودکشی.......

بیربل۔ ایسا کوئی خطرہ نہیں۔ خودکشی کرنے کے لیے چیتے کا جگر چاہیے جو ہز مجسٹی کے پاس نہیں۔

سلیم۔ اگر ڈیڈی واقعی اتنے پشیمان ہیں تو آپ ہمارا ان سے سمجھوتہ کیوں نہیں کرا دیتے۔

بیربل۔ وقت آنے پر سب کچھ ہو جائے گا۔

سلیم۔ لیکن وقت کب آئے گا۔

بیربل۔ آج مارچ کی کون سی تاریخ ہے۔

سلیم۔ پچیس۔

بیربل۔ تو صرف چھ دن اور آپ کو انتظار کرنا پڑے گا۔

سلیم۔ آپ کو پورا یقین ہے کہ ڈیڈی مجھے معاف کر دیں گے اور انارکلی سے میری شادی......

بیربل۔ ہاں ہاں سو فیصد یقین۔ اب تو ہز مجسٹی قاضی کے بجائے خود نکاح خوانی کرنے کو تیار ہیں۔

انارکلی۔ نہ بابا! نکاح تو قاضی ہی پڑھے گا۔ ہز مجسٹی کی عربی لیاقت تو واجبی سی ہے۔

بیربل۔ اچھا بھئی! عرب سے قاضی منگوا دیں گے۔ اب تو ہمارے شاہ ابنِ سعود سے بڑے اچھے تعلقات ہیں۔

آخری منظر

اعترافِ گناہ

(ہز میجسٹی اکبر دیوانِ خاص میں محوِ خواب ہیں۔ اکتیس مارچ اور یکم اپریل کی درمیانی رات کے دو بجے کا عمل ہے یک لخت ان کے پلنگ کے نزدیک زور کا دھماکا ہوتا ہے جیسے بم پھٹا ہو۔ دراصل یہ ایک بڑا پٹاخہ ہے جسے بیربل چلاتا ہے۔ ہز میجسٹی کی آنکھ کھل جاتی ہے۔ وہ پھٹی پھٹی نگاہوں سے اپنے سامنے ملک الموت کو کھڑا دیکھ کر خوف سے کانپنے لگتے ہیں کیونکہ وہ نہیں جانتے کہ ملک الموت کے بھیس میں یہ بیربل ہے۔)

اکبر۔ (خوف سے ہکلاتے ہوئے) ت ت تم کون ہو؟

بیربل۔ (بلند آواز میں) ملک الموت! عزرائیل! میں تمہاری روح قبض کرنے کے لئے آیا ہوں۔

اکبر۔ نہیں نہیں میں ابھی مرنا نہیں چاہتا۔ ابھی تو مجھے جنوبی ہندوستان فتح کرنا ہے اور ابھی راجستھان کا کافی حصہ ابھی تک راجپوتوں کے قبضے میں ہے۔ مہارانا پرتاپ کا نام تم نے سنا ہوگا۔

بیربل۔ مجھے تمہاری فتوحات سے کچھ دلچسپی نہیں۔ تم سے کہیں بڑے فاتح میرا نوالہ بن چکے ہیں۔ ہاں تمہیں تیاری کے لئے صرف پانچ منٹ دیتا ہوں۔ اس کے بعد تمہیں میرے ساتھ چلنا ہوگا اور ہاں، خطرے کا گھڑیال بجانے کی کوشش کرنا بے سود ہے۔ ملک الموت کے ہوتے ہوئے پہریدار محل میں

داخل ہونے کی جرأت نہیں کرے گا۔

اکبر ۔ رحم! ملک الموت رحم! ابھی میرے مرنے کے کون سے دن ہیں۔ خدا کیلئے رحم۔

بیربل :۔ (قہقہہ لگا کر) ہا ہا ہا۔ بے رحم اور سنگدل ہو کر رحم کی درخواست کرتے ہو۔ تم نے کبھی کسی پر رحم کیا جو کوئی تم پر رحم کرے گا۔

اکبر ۔ خدا گواہ ہے۔ میں ضرورت سے زیادہ رحم دل اور رقیق القلب ہوں۔

بیربل ۔ رقیق القلب! کیا تم نے انارکلی پر رحم کیا؟ کیا تم نے سلیم عرف شیخو پر رحم کیا؟ جب تمہیں اپنے لختِ جگر پر ترس نہ آیا تو کس منہ سے.....

اکبر ۔ خدا شاہد ہے میں نے سلیم کے ساتھ کوئی زیادتی نہیں کی۔ جو کچھ کیا اس کی بہتری کے لئے کیا۔ (ایک آواز) جھوٹ، بالکل جھوٹ... (دوسری آواز) فریب، دھوکا، خود غرضی۔

بیربل ۔ سنا تم نے؟ ان آوازوں کو پہچانتے ہو؟

اکبر ۔ ایسا معلوم ہوتا ہے جیسے سلیم اور انارکلی کی آوازیں ہوں۔

بیربل ۔ تم ٹھیک سمجھے۔ (بلند آواز میں) انارکلی اور سلیم کی مقدس روحو! چند لمحوں کے لئے دنیائے فانی میں آؤ۔

(دو ایک منٹ کے بعد دائیں طرف سے سلیم اور بائیں طرف سے انارکلی محل میں داخل ہوتی ہے۔)

بیربل ۔ (انارکلی سے) انارکلی! تم وہاں پہنچ چکی ہو جہاں شہنشاہ تمہیں کوئی گزند نہیں پہنچا سکتا۔ بلا تامل کہو، تمہاری شہنشاہ کے متعلق کیا رائے ہے؟

انارکلی ۔ میں شہنشاہ کو فرسٹ کلاس سناب سمجھتی ہوں۔ انھوں نے مجھے بہو بنانے

سے صرف اس لئے انکار کر دیا کہ میں مغل زادی یا راجپوتنی نہیں تھی۔

بیربل ۔ جو سلوک شہنشاہ نے تمہارے ساتھ کیا اس کے بارے میں کچھ کہنا چاہتی ہو؟

انارکلی ۔ صرف اتنا کہ اس انسانیت سوز سلوک کی اجازت نہ اسلام دیتا ہے اور نہ دینِ الٰہی"

بیربل ۔ (سلیم سے) سلیم تمہارا اپنے ڈیڈی کے متعلق کیا خیال ہے؟

سلیم ۔ خدا کے لئے ایسے شخص کو میرا ڈیڈی مت کہو جس کے سینے میں دل کی بجائے پتھر کی سل ہے۔

بیربل ۔ تو تم بھی شہنشاہ کو مجرم گردانتے ہو؟

سلیم ۔ ہاں شہنشاہ مجرم ہے۔ کیونکہ اس نے ہم دونوں کی جان لی ہے۔ اس نے نہ صرف حسن بلکہ عشق کے مقدس جذبے کی توہین کی ہے۔

بیربل ۔ (اکبر سے) اب کہو، کیا کہنا چاہتے ہو؟

اکبر ۔ میں اپنے گناہوں پر نادم ہوں اور تہ دل سے اپنے پیارے بیٹے شیخو اور اپنی بیٹی انارکلی سے معذرت چاہتا ہوں۔

بیربل ۔ اگر تم واقعی پشیمان ہو تو اپنے خلوص کا عملی ثبوت دو۔ خود اپنے ہاتھ سے انارکلی کو سلیم کے سپرد کر دو۔

اکبر ۔ (انارکلی کا ہاتھ سلیم کے ہاتھ میں دیتے ہوئے) خدا کرے تمہاری محبت پھولے پھلے اور تم دونوں حشر تک خوش و خرم رہو۔

بیربل ۔ (ملک الموت کا بھیس اتارتے ہوئے) مبارک ہو مہابلی! شہزادہ سلیم کی

شادی خانہ آبادی۔

اکبر۔ (چونک کر) ارے تم ہو (غصے سے) یہ کیا حرکت ہے؟ تمہاری یہ جرأت؟

بیربل۔ مہابلی! ناراض ہونے کی ضرورت نہیں۔ ذرا کیلنڈر کی طرف دیکھئے۔ آج فرسٹ اپریل ہے۔

اکبر۔ تو گویا تم نے ہمیں اپریل فول بنایا۔ (قہقہہ لگا کر) بڑے ظالم ہو۔

(مریم زمانی داخل ہوتی ہے)

اکبر۔ آؤ آؤ بیگم بڑے اچھے وقت آئی ہو۔ آج تو مسخرے نے وہ اپریل فول بنایا، کہ لطف آ گیا۔

بیربل۔ (مریم زمانی سے) بیگم صاحبہ، اپنی بہو اور بیٹے سے ملئے۔ میرا مطلب ہے ہز رائل ہائی نس پرنس سلیم اور بیگم انارکلی سلیم سے۔

مریم زمانی۔ (سلیم کو گلے سے لگاتے ہوئے) سلیم میرے بیٹے! میرے شیخو! (انارکلی کے سر پر دستِ شفقت پھیرتے ہوئے) جیتی رہو بیٹی، دودھوں نہاؤ پوتوں پھلو۔

اکبر۔ ہُم! اب ہم سمجھے کہ سلیم اور انارکلی کی خودکشی کی خبریں جھوٹی تھیں اور محض ہمیں بہکانے کے لئے تراشی گئی تھیں۔ معلوم ہوتا ہے یہ سب شرارت اس مسخرے بیربل کی ہے۔

بیربل۔ بجا فرمایا آپ نے مہابلی!

اکبر۔ بیربل، کیا ہم پوچھ سکتے ہیں کہ ہمیں اتنا عرصہ دھوکے میں کیوں رکھا گیا اور اس سازش کی وجہِ جواز کیا ہے؟

بیربل۔ جان کی امان پاؤں تو کچھ عرض کروں۔
اکبر۔ بلا تامل کہو کیا کہنا چاہتے ہو۔
بیربل۔ یور میجسٹی۔ یہ سب کچھ میں نے اس لئے کیا کہ وہ جو بدنما دھبّہ آپ کے دامن پر قریب قریب چار صدیوں سے لگا آ رہا تھا اسے یکسر دھو دیا جائے تاکہ بیسویں صدی کے لوگ انصاف پرور اور عدل گستر اکبر کو روایت کی بجائے حقیقت کے آئینہ میں دیکھیں اور خود فیصلہ کریں کہ آیا اکبر جیسا عالی نسب اور عالی دماغ شہنشاہ انارکلی کو زمین میں زندہ دفنانے کا حکم صادر کر سکتا تھا؟
اکبر۔ ما بدولت تمہارے جواب سے بہت خوش ہوئے۔ ہم حکم دیتے ہیں کہ تمہارا منہ موتیوں سے بھر دیا جائے۔
بیربل۔ مہابلی کا بہت بہت شکریہ۔ لیکن یور ہائینس موتی سچے ہونے چاہئیں۔

ادیب بننے کا جنون

احباب نے سمجھایا، بزرگوں نے نصیحت فرمائی کہ میاں اس خطرناک ارادے سے باز آؤ، لیکن میاں تو ادیب بننے کا بھوت سر پر سوار تھا۔ ایک جہاندیدہ بزرگ کہنے لگے، "صاحبزادے، ہم نے آج تک کسی ادیب کو پھولتے پھلتے نہیں دیکھا۔ ادبا کا تو یہ حال ہے کہ اکبر الہ آبادی کا مشہور مصرع معمولی سے تصرف کے ساتھ ان پر صادق آتا ہے۔
یعنی ؎ کٹی عمر مفلسی میں، مرے اسپتال جاکر
(اسپتال یعنی خیراتی اسپتال) ہمارا تجربہ شاہد ہے کہ بڑے سے بڑے ادیب کا بینک بیلنس صفر سے آگے نہیں بڑھا۔ اپنا مکان تو کجا ادبا کو اکثر مکان کا کرایہ ادا کرنے کی توفیق نہیں ہوتی۔ ناخدائے سخن حضرت میر کی مشہور نظم "کیا لکھوں میر اپنے گھر کا حال" تو تم نے ضرور پڑھی ہوگی۔ یہ نظم عموماً اردو نصاب میں اسلئے شامل کی جاتی ہے کہ نوجوان اسے پڑھ کر عبرت پکڑیں۔ غالب کی تنگدستی سے کون واقف نہیں۔ ساری عمر اس تمنا میں جیتے رہے کہ ایک دن فاقہ مستی رنگ لائے گی اور رنگ وہ یہ لائی کہ حضرت کو جیل خانے بھجوا دیا۔ میاں اب بھی وقت ہے لکھنے لکھانے سے توبہ کرو، دہی بڑوں کی دکان کھول لو۔" ایک دوست نے ایک مشہور شاعر کا قصہ سنایا کہ مسلسل فاقہ کشی اور گوناگوں مصائب سے وہ پاگل ہو گئے جب پاگل خانے سے واپس آئے تو کسی نے پوچھا "کیوں حضرت! واقعی آپ کا دماغ چل گیا تھا؟" ہنس کر فرمایا "میاں دماغ تھا ہی کب جو چل جاتا۔ دماغ ہوتا

تو اس ملک میں شاعری ہی کیا کرتے۔"

لیکن ان باتوں کا ہم پر کچھ اثر نہ ہوا۔ ادیب بننے کی دھن جو سمائی تھی۔ عالم خلوت میں ہوائی قلعے بنایا کرتے تھے۔ ایک دن ہمارا نام شیکسپیئر، کالی داس، غالب اور پریم چند کے ساتھ لیا جائے گا۔ لوگ ہمارے مضامین اپنے سینے سے لگائے پھریں گے۔ رہتی دنیا تک ہمارا نام رہے گا۔ وغیرہ وغیرہ۔ چنانچہ ہم نے اللہ کا نام لے کر ادیب بننے کا ارادہ کر لیا۔ یہ سمجھتے ہوئے کہ طنز و مزاح کی صنف کس مپرسی کی حالت میں ہے ہم نے طنز نگار بننے کا فیصلہ کیا۔

پہلا طنزیہ مضمون اپنے ہیڈ ماسٹر صاحب پر لکھا کہ مرحوم عجیب مجموعۂ اضداد تھے۔ پڑھانے پر آتے تو دل و جان سے پڑھائے چلے جاتے اور پیٹنے کا شوق چرّاتا تو پیٹ پیٹ کر طلبا کو ادھ موا کر دیتے۔ ہم نے جی میں کہا، ہر فرعون کے لئے خدا ایک آدھ موسیٰ ضرور پیدا کرتا ہے۔ چلئے اس فرعون مزاج ہیڈ ماسٹر کے کس بل نکالنے کا فرض ہم انجام دیتے ہیں۔ ویسے بھی وہ اللہ کو پیارے ہو چکے تھے۔ اس لئے جوابی حملے کا ڈر نہیں تھا..... مضمون لکھنے کے بعد ہم رسالہ "جڑی بوٹی" کے ایڈیٹر صاحب کے دفتر میں پہنچے اور بڑے ادب سے ان سے کہا، آپ ہر شمارے میں چھوئی موئی، بنفشہ اور چرائتہ پر صفحے سیاہ کرتے ہیں۔ ان کا ذائقہ بدلنے کے لئے ایک آدھ طنزیہ مضمون بھی ہو جائے تو کیا مضائقہ ہے۔ ایڈیٹر صاحب کو مضمون بے حد پسند آیا۔ اتفاق سے وہ بھی اسی ہیڈ ماسٹر کے ہاتھوں بارہا پٹ چکے تھے۔ انہوں نے مضمون چھاپنے کا وعدہ کر لیا۔ ہم نے ڈرتے ڈرتے پوچھا "معاوضہ کیا ہوگا؟" انہوں نے ماتھے پر تیوری چڑھاتے ہوئے جواب دیا: "اسے شائع کرانے

کے لئے آپ کو مبلغ پچیس روپے ادا کرنا ہوں گے۔"

"لیکن صاحب، یہ مضمون ہے اشتہار تو نہیں جو آپ روپوں کا مطالبہ کر رہے ہیں۔"

"یہ آپ کی شہرت کا اشتہار ہے۔ نیز ہمارے رسالے کی پالیسی بھی یہی ہے کہ ہم معاوضہ لئے بغیر کسی نئے ادیب کا مضمون شائع نہیں کرتے۔"

ان کی کافی منت سماجت کی کہ "معاوضہ" کچھ کم کریں۔ آخر وہ بیس روپے پر رضامند ہو گئے۔ جب مضمون چھپا تو رسالہ "جڑی بوٹی" کی دس بارہ کاپیاں خریدیں اور احباب میں تقسیم کر دیں۔ انھوں نے مضمون کی تعریف کی اور کہا خاکہ اڑانے میں ہمیں کمال حاصل ہے۔ اس حوصلہ افزائی کا یہ نتیجہ ہوا کہ ہم نے سب احباب کا خاکہ اڑانا شروع کر دیا اور بہت جلد ان سے ہاتھ دھو بیٹھے۔ یہ مضامین مختلف رسائل میں چھپتے رہے۔ معاوضہ کسی مضمون کا نہیں ملا البتہ جس شمارے میں مضمون چھپا اس کی ایک جلد مفت ملتی رہی۔

جب دس بارہ مضامین چھپ گئے تو خیال آیا کیوں نہ انھیں کتابی صورت میں شائع کیا جائے۔ مسودہ لے کر ناشروں کی دکانوں کے چکر کاٹنے لگے۔ جس ناشر سے درخواست کی ٹکا سا جواب ملا: "مضامین تو برے نہیں لیکن ہمارے کام کے نہیں۔" جب پوچھا کام کے مضامین کون سے ہوتے ہیں تو بتایا گیا "جنھیں پڑھ کر راتوں کی نیند حرام ہو جائے، منہ سے خواہ مخواہ رال ٹپکنے لگے، یا بدن کے رونگٹے کھڑے ہو جائیں۔" ان کی مراد عشق و محبت اور سنسنی خیز مضامین سے تھی۔ ہم بہت مایوس ہوئے۔ ایک دن ہمارے دوست پنڈت جی نے یہ خوش خبری سنائی

کہ انھوں نے شیخ صاحب کو ہماری کتاب چھاپنے پر رضامند کر لیا ہے۔ شیخ صاحب کی دکان پر پہنچے۔ وہاں عجیب بہار دیکھی۔ گاہکوں کا تانتا بندھا ہوا ہے۔ شیخ صاحب کے ہاتھ میں ترازو ہے اور تول تول کر کتابیں فروخت کر رہے ہیں۔ کسی گاہک نے پوچھا: "شیخ صاحب مرغی خانہ کا کیا بھاؤ ہے۔" شیخ صاحب نے جلدی سے جواب دیا۔ "صرف دو روپے سیر۔" "اور استادِ دبستاں؟" "وہ ذرا مہنگا ہے۔ اڑھائی روپے سیر۔" یہ ماجرا دیکھ کر بہت حیران ہوئے کہ اس دکان پر کتابیں تول کر بیچی جاتی ہیں۔ جب شیخ صاحب کو فراغت نصیب ہوئی تو پنڈت جی نے ہمارا تعارف کراتے ہوئے کہا: "آپ مشہور طنز نگار ہیں۔" شیخ صاحب نے بے رخی کے ساتھ فرمایا۔

"اچھا ہیں تو پھر؟" "آپ سے ایک کتاب چھپوانا چاہتے ہیں۔"

"مسودہ دکھائیے۔"

ہم نے مسودہ شیخ صاحب کے ہاتھ میں دے دیا۔ انھوں نے فوراً اُسے ترازو کے ایک پلڑے میں رکھا۔ دوسرے میں شاید ڈیڑھ پاؤ کے باٹ۔ اور فرمایا "دس روپے پاؤ کے حساب سے ہم پندرہ روپے دے دیں گے۔ جملہ حقوق ہمارے رہیں گے۔"

ان کی شرائط سن کر پاؤں تلے سے زمین نکل گئی۔ اپنا سا منہ لے کر چلے آئے۔

دو ایک ہفتوں کے بعد ایک اور ناشر ۵ فیصد رائلٹی پر چھاپنے کو تیار ہو گیا۔ کتاب چھپی۔ اس کی تعریف بھی ہوئی۔ ہم خوشی سے پھولے نہ سمائے کہ سال کے آخر میں معقول رائلٹی ملے گی اور ان سب اصحاب کی پیش گوئیاں غلط ثابت ہوں گی، جو ہمیں ادیب بننے سے روکتے تھے۔ اکتیس دسمبر کو ہم ناشر صاحب کی خدمت میں حاضر

ہوئے اور بڑی عاجزی سے رائلٹی طلب کی۔ رائلٹی کا نام سنتے ہی اُن پر جیسے بجلی گری، آنکھوں میں خون اتر آیا، گرج کر فرمایا: "اتنے ہی جلد باز تھے تو کسی اور سے چھپوائی ہوتی"۔ اس کے بعد انھوں نے اپنے ملازم سے حساب کا رجسٹر لانے کو کہا۔ رجسٹر کھول کر فرمایا: "دیکھیے صاحب! ایک ہزار چھپی تھی۔ سو جلدیں تو دفتری کے ہاں خراب ہوگئیں۔ ڈیڑھ سو ریویو کے لئے بھجوائی گئیں، اڑھائی سو پھپھولی برسات میں ضائع ہوگئیں، باقی بچیں پانچ سو۔ ان میں سے صرف سات بکیں۔ آپ کی رائلٹی ہوئی ایک روپیہ تین آنے۔ وہ اگر لینا چاہتے ہیں تو بخوشی لے جایئے۔"

پہلی کتاب چھپوانے کا جو تلخ تجربہ ہوا اس سے ہم نے یہ سبق سیکھا کہ آئندہ سوچ سمجھ کر ناشر کا انتخاب کیا کریں گے۔ لیکن متعدد کتابیں چھپوانے کے بعد ہمیں تسلیم کرنا پڑا کہ چاہے ناشر شکل و صورت کے اعتبار سے کتنے ہی مختلف کیوں نہ ہوں۔ جہاں تک رائلٹی ادا کرنے کا سوال ہے وہ سب ایک جیسے ہوتے ہیں۔ ستم یہ کہ وعدے بھی ایک جیسے کرتے ہیں۔ شاید کسی شاعر نے ناشروں کے بارے ہی میں یہ شعر کہا تھا۔

تیرے وعدے پہ ستم گر ابھی اور صبر کرتے
اگر اپنی زندگی کا ہمیں اعتبار ہوتا

جب مسلسل تقاضوں کے باوجود کچھ وصول نہ ہوا تو جائیداد بیچ کر گزر بسر کرنے لگے۔ ایک سال "لال کوٹھی" بیچ ڈالی تو دوسرے سال پیلی کوٹھی کی باری آئی۔ پھر باغ اور باغیچوں کا نمبر آیا۔ اس کے بعد گھر کا سامان بھی بتدریج نیلام گھر پہنچنے لگے۔

آخر خدمتِ ادب سے توبہ کرکے ہم نے ایک کالج میں ملازمت کرلی۔ بچپن میں ہندی کا ایک دوہا سنا تھا۔ جس کا مفہوم تھا، اگر مجھے معلوم ہوتا کہ پریت کرنے

سے ملکم ہوگا تو میں نگر میں ڈھنڈورا پٹواتی کہ کوئی شخص پریت نہ کرے۔

ہمارا بھی بارہا جی چاہا ہے کہ ہر شہر میں منادی کرا دیں کہ کوئی شخص ادیب بننے کی کوشش نہ کرے ـــــ اگر اس کے پاس غالب اور پریم چند ایسا دل گردہ نہیں اور اگر وہ فاقہ مستی کو اپنا معمول اور شعار نہیں بنا سکتا!

نور کا تڑکا ہوا

رات کے پانچ بجے ہمسایہ کے ٹائم پیس کا الارم بجا — اس کو تو کانوں کان خبر نہ ہوئی کہ وہ ہمیشہ گھوڑے بیچ کر سوتا ہے۔ حالانکہ گھوڑوں کا بیوپاری نہیں۔ لیکن ہماری نیند اُچاٹ ہو گئی۔ اب کباب سیخ کی طرح کبھی یہ پہلو اور کبھی وہ پہلو بدلتے ہیں لیکن نیند نے گویا آنے کی قسم کھا رکھی ہے۔ معاً یاد آیا کہ بزرگوں نے کہا ہے، نور کے تڑکے سیر کی جائے تو آدمی سارا دن چاق و چوبند رہتا ہے۔ بستر سے اٹھے اور بجلی کا بٹن دبا دیا۔ بجلی غائب تھی۔ اندھیرے میں ٹامک ٹوئیے مار کر بوٹ کی بجائے چپل اور کوٹ کی بجائے واسکٹ پہن کر گھر سے چل نکلے۔

باہر آئے تو عجیب سماں تھا۔ چو طرفہ مرغوں کی اذانیں تھیں۔ فٹ پاتھ پر سوئے لوگ خراٹے لے رہے تھے اور کتے زور زور سے بھونک رہے تھے۔ چند قدم اور چلے کہ دو ایک کتے "صبح بخیر" کہنے کے لئے ہماری طرف لپکے۔ گھبراہٹ کے عالم میں کچھ نہ سوجھا کہ ان کا خیر مقدم کیسے کیا جائے۔ ان میں سے ایک ذرا زیادہ بے تکلف واقع ہوا تھا کہ مصافحہ کرنے کی بجائے بغلگیر ہونا چاہتا تھا۔ ہم نے صدقہ اتارنے کے لئے دائیں چپل اتاری۔ وہ چپل کو دانتوں میں داب کر چلتا بنا۔ دوسری چپل ہم نے دوسرے کتے کی خدمت میں پیش کرتے ہوئے کہا "یہ آپ کی نذر ہے!"

ننگے پاؤں سڑک پر چلنے لگے۔ سوچا کہ کیا مضائقہ ہے اندھیرا ابھی اتنا اندھیرا ہے کہ کسی کو معلوم ہی کب ہو گا۔ ہم سے چند گز کے فاصلے پر کچھ لوگ خراماں خراماں

چلے جا رہے تھے۔ لمبے لمبے ڈگ بھرتے ہوئے ہم ان سے جا ملے۔ ان میں سے دو ایک شناسا نکلے۔ ہمیں دیکھ کر گویا بجلی سی گری، کہنے لگے: "ارے، ارے آپ! واقعی آپ ہی ہیں؟ کہیے حضرت آج کیسے سیر کو چلے آئے؟ آپ تو دس بجے سے پہلے بستر نہیں چھوڑتے، خیریت تو ہے؟" ہم نے معذرت کے انداز میں جواب دیا: "یونہی آج غلطی ہو گئی۔ سخت شرمندہ ہوں۔ آئندہ ایسی حرکت نہیں کرونگا۔" دو ایک منٹ ہمیں تختہ مشق بنانے کے بعد وہ ایک دوسرے سے چہلیں کرنے لگے: "کیوں صاحب" ایک نے کہا: "سیر کرنے تو آپ روزانہ آتے ہیں لیکن آپ کی توند گھٹنے کے بجائے بڑھتی جا رہی ہے۔ کس چکی کا پسا کھاتے ہیں آپ؟" دوسرے نے جواب دیا: "اجی آپ ہماری توند کی فکر میں سوکھ کر کانٹا ہو گئے ہیں۔ ننانوے کے پھیرے نکلیے اور کچھ کھایا پیا کیجیے۔" اس تمہید کے بعد جو دلچسپ باتیں ہوئیں وہ اس قسم کی تھیں۔

"کہیئے خارش کا کیا حال ہے۔"

"ایک پل چین نہیں لینے دیتی۔"

"جوڑوں کے درد سے کچھ افاقہ ہوا۔"

"اجی کہاں۔ ہڈی ہڈی دکھتی ہے۔"

"آپ کی آنکھوں کا کیا حال ہے۔"

"جب سے آپریشن کرایا ہے۔ نگاہ کمزور ہو گئی ہے۔"

"سنا ہے آپ نے بھینس فروخت کر دی۔"

"جی ہاں، اب مرغیاں پالنے کا خیال ہے۔"

"پیاز اوپر جا رہے ہیں۔ سٹاک کرنے کا بہت اچھا موقع ہے۔"

"آپ کے پاس کھٹی ڈکاروں کا نسخہ تھا، وہ ہمیں بھی دیجیے۔"

اس ادبی گفتگو کی تاب نہ لاکر ان سے اجازت لی اور آگے چلے۔ دفتروں میں کام کرنے والے کچھ بابو سیر کر رہے تھے۔ سوچا کہ ان کی گفتگو سے حظ اٹھایا جائے۔ ان کی باتیں سُن کر طبیعت اور بھی باغ باغ ہوگئی۔ وہ سب اپنے نئے سپرنٹنڈنٹ سے بے زار نظر آتے تھے اور طرح طرح کے القاب سے اسے یاد کر رہے تھے۔

"پاگل۔ گھامڑ ہے صاحب! بات کرنے کی تمیز نہیں۔"

"خدا جانے کون سے اصطبل میں پڑھتا رہا ہے۔"

"اجی باؤلا کتا ہے۔ بات بات پر کاٹنے کو دوڑتا ہے۔"

"ایک دم پاگل ہے۔ اسے تو رانچی کے پاگل خانے میں بھجوانا چاہیے۔"

"کل ہم صرف دو گھنٹے لیٹ آئے اور ہماری جواب طلبی ہوگئی۔ بھلا یہ بھی کوئی انصاف ہے"

"شرما صاحب کے زمانے میں ہم تین تین گھنٹے لیٹ آیا کرتے تھے۔ مجال ہے جو انھوں نے کبھی کچھ کہا ہو۔"

"اجی صاحب کیا بات تھی شرما صاحب کی۔ وہ تو دیوتا تھے۔ خود کبھی کبھی اس وقت نظر آیا کرتے تھے جب دوسرے دفتر سے گھر لوٹتے ہیں۔"

ان سے آگے بڑھے تو سڑک کے کنارے ایک باغ نظر آیا۔ جی میں آئی کہ مرغانِ سحر کی وجد آور موسیقی کی تعریف تو کتابوں میں بہت پڑھی لیکن کبھی سننے کا اتفاق نہیں ہوا۔ لگے ہاتھوں یہ بھی سن لیں۔ باغ میں داخل ہوئے۔ درختوں پر سینکڑوں پنچھی بیٹھے ہوئے طلوعِ آفتاب کا خیر مقدم کر رہے تھے۔ غور سے ان کا گانا سننے لگے۔ خدا جانے بھیرویں گا رہے تھے یا کوئی اور صبح کا راگ تھا۔ ایک لامتناہی بے ہنگم شور

تھا۔ مگر اس تماشائی پر مشتمل تھی چٹل چٹل چاپ ٹرپ ٹی ہوں ٹیں ٹیں ٹاں۔ تو ستر و کے بول تھے۔ ٹیں ٹیں۔ ٹاپ۔ ٹپ ٹپ ٹراپ۔ ٹراپ ٹراپ چوں۔

باغ سے کھیتوں کا راستہ لیا۔ ایک کنوئیں پر پہنچے۔ وہاں چھوٹی چھوٹی کیاریوں میں پیاز اور لہسن لہلہا رہے تھے۔ ان کا نظارہ کر رہے تھے کہ ایک تیز ہوا کا جھونکا جو لہسن اور پیاز کی بو سے بوجھل ہو رہا تھا۔ ہمارے نتھنوں سے ٹکرایا۔ چھینکوں کا تانتا سا بندھ گیا۔ چھینکتے چھینکتے جب بے حال ہو گئے تو کنوئیں کی منڈیر پر بیٹھ کر سگریٹ سلگایا۔ دو ایک منٹ کے بعد چھینکیں رُک گئیں۔ خدا کا شکر کیا کہ زکام میں مبتلا ہونے سے بال بال بچے بیٹھے بیٹھے یونہی خیال آیا کہ کنوئیں میں جھانک کر دیکھا جائے کہ اس کی تہہ کہاں ہے۔ جونہی کنوئیں میں جھانکنے کی کوشش کی ایک زور کی چھینک آئی اور عینک ناک سے لڑھک کر کنوئیں میں جا رہی۔ عینک کا فاتحہ پڑھا اور گھر لوٹنے کا ارادہ کیا۔

گھر پہنچے تو شریمتی جی نے سوالوں کی بوچھاڑ کر دی۔ "یہ آپ ننگے پاؤں کہاں سے آ رہے ہیں؟ عینک کہاں ہے؟ ناک کیوں سرخ ہو رہی ہے؟ کھوئے کھوئے کیوں نظر آتے ہیں؟ واسکٹ الٹی کیوں پہن رکھی ہے؟" ہم نے ان تمام سوالوں کے جواب میں کہا۔ "بھاگوان، یہ سب نور کے تڑکے کی برکت ہے۔"

سارا دن دفتر میں اونگھتے رہے۔ بعض کلرکوں کا تو بیان ہے کہ بارہ بجے سے تین بجے تک ہم اپنی کرسی میں سوئے ہوئے پائے گئے۔ شام کو جب گھر لوٹے تو سیدھے ہمسایے کے گھر پہنچے اور بڑی عاجزی سے کہا۔ "ورما صاحب یہ آپ نے ٹائم پیس تو خرید لیا لیکن اس سے فائدہ کبھی نہیں اٹھایا۔"

"میں آپ کا مطلب نہیں سمجھ سکا۔"

"مطلب یہ کہ الارم تو آپ لگاتے ہیں، لیکن اٹھنا مجھے پڑتا ہے۔"

"بہر حال مجھے اس بات کا علم نہیں۔"

"علم کس طرح ہو سکتا ہے۔ آپ تو اس وقت خراٹے لے رہے ہوتے ہیں۔"

"اگر برا نہ مانیں تو ایک بات کہوں۔"

"کہیے۔"

"آپ یہ ٹائم پیس مجھے فروخت کر دیں۔"

کافی بحث و تکرار کے بعد ورما صاحب ٹائم پیس فروخت کرنے پر رضامند ہو گئے۔ ہم ٹائم پیس خرید کر خوشی سے پھولے نہ سمائے۔ گھر آتے ہی ہم نے اسے سیف میں رکھ کر اُسے تالا لگا دیا کہ نہ یہ کم بخت صبح کے پانچ بجے چلائے گا۔۔۔ اور نہ ڈر کا ترڈ کا ہو گا!

اندیشۂ شہر

ڈبے میں صرف ایک اور مسافر تھا، دُبلا پتلا زرد رُو پچکے ہوئے گال اندر کو دھنسی ہوئی آنکھیں۔ انسان کہاں خطرے کا مجسم اشتہار نظر آتا تھا۔ اُسے دیکھ کر ایک گونا مسرت ہوئی کہ شکر ہے اتنے دنوں کے بعد ایسے شخص سے ملاقات ہوئی جو ہم سے بھی گیا گزرا ہے۔ ورنہ زندگی میں بیشتر مسافر تو ایسے ملے کہ ان سے یہ پوچھنے کو جی چاہا۔ "میاں کونسی چکی کا پسا کھاتے ہو؟"

سیٹ پر اطمینان سے بیٹھنے کے بعد اپنے ہمسفر پر ترس سا آنے لگا۔ نہ جانے بے چارے کو کتنے دنوں سے کھانا نصیب نہیں ہوا۔ شاید وہ کسی مہلک مرض میں مبتلا ہے۔ اگر اُسے واقعی تپ دق ہے تو اس ڈبے میں بیٹھنا خطرے سے خالی نہیں۔ ممکن ہے کسی قحط زدہ علاقے سے سیدھا چلا آ رہا ہے۔ آخر اس ہمدردی کے جذبے سے مجبور ہو کر جو ایک مسافر کو دیکھ کر دوسرے کے دل میں بیدار ہو جاتا ہے، میں نے اس سے پوچھ ہی لیا۔ "آپ کا یہ حال کب اور کیسے ہوا؟"

مسافر نے بے جان سی آواز میں جواب دیا۔ "پہلے چائے ہو جائے پھر مفصل بات چیت ہوگی۔"

اتفاق سے تھرموس میں گرم چائے تھی۔ فوراً ایک پیالہ بنایا اور اُسے پیش کرتے ہوئے کہا۔ "نوش فرمائیے۔"

چائے پینے کے بعد مسافر نے فرمایا۔ "آپ شاید سمجھتے ہوں گے کہ میرا یہ حال شروع

ہی سے ہے۔"

"قیاس تو یہی کہتا ہے۔"

"آپ کا قیاس بالکل غلط ہے۔"

"اس کا مطلب یہ ہوا کہ آپ شروع میں خاصے تندرست تھے۔"

"خاصے نہیں بالکل تندرست اور توانا تھا۔"

"پھر شاید آپ کو اپنا وزن گھٹانے کی سوجھی۔ آپ روز بروز بھدے ہوتے جا رہے تھے اور ڈاکٹر نے آپ کو مشورہ دیا کہ۔"

"جی بالکل نہیں۔"

"تو پھر بات کیا ہوئی۔"

"میں قوم کے غم میں گھل گھل کر اس حال کو پہنچا ہوں۔"

قوم کا غم؟ کیا مطلب؟"

"مطلب یہ کہ قوم کا کیا بنے گا؟ یہی سوچ سوچ کر میں نے جی کو روگ لگا لیا ہے۔"

"آپ مفکر ہیں۔"

نہیں"

"فلسفی؟ قومی راہنما؟ شاعر؟"

"نہیں۔"

"تو پھر آپ قوم کے بارے میں خواہ مخواہ کیوں پریشان ہو رہے ہیں۔"

"اس لئے کہ اگر میں قوم کے بارے میں نہ سوچوں تو قوم تباہ ہو جائے گی۔"

"اور اگر آپ اسی طرح سوچتے رہے، تو آپ تباہ ہو جائیں گے۔" میں نے

ازراہِ مذاق کہا۔

"بالکل" مسافر نے مسکرانے کی کوشش کرتے ہوئے جواب دیا۔ "دیکھیے میرا وزن تین من تھا۔ مجھے ایک دن خیال آیا کہ جب سے قوم نے بینگن کھانے کم کر دیئے ہیں، اس کی تندرستی تباہ ہو گئی ہے۔ چنانچہ میں نے ایک کتاب لکھی جس کا نام تھا "بینگن کھایئے"۔ میں نے قوم کو مشورہ دیا کہ اگر اسے اپنی صحت عزیز ہے تو اسے صبح و شام بینگن کی بھاجی کھانی چاہیئے۔ اور اگر قوم ایسا نہیں کرے گی تو یہ اس طرح مٹ جائے گی کہ اس کی داستان تک بھی داستانوں میں نہ ہو گی۔ میری کتاب صدا بصحرا ثابت ہوئی۔ بیشتر لوگ اسے ایک سنکی کی بکواس سمجھے۔ مجھے ان کی جہالت پر رونا آیا۔ میں متواتر چھ ماہ آنسو بہاتا رہا۔ نتیجہ یہ ہوا کہ میرا وزن بیس سیر گھٹ گیا۔"

"تو اس واقعے سے آپ کو عبرت حاصل کرنی چاہیئے تھی۔" میں نے نرمی سے کہا۔

"عبرت کیسے حاصل کرتا۔ سوچنا میری فطرت بن چکی تھی۔ قوم چاہے کتنی احسان فراموش ہو، میں اپنے فرض سے غافل نہیں ہو سکتا تھا۔ چنانچہ اب میں قوم کے اخلاق کی طرف متوجہ ہوا۔ حسنِ اتفاق سے مجھے ایک لڑکیوں کے جلسۂ تقسیمِ انعامات کی صدارت کرنی تھی۔ میں نے اس موقع سے فائدہ اٹھاتے ہوئے قوم کو خوب لتاڑا۔ میں نے کہا، 'قوم کی صحت تو تباہ ہو ہی چکی ہے اب اخلاق بھی تباہ ہو رہا ہے۔ نوجوان لڑکیاں صاف اور ستھرے کپڑے پہنتی ہیں۔ سر میں خوشبودار تیل لگاتی ہیں۔ بائیسکل کی سواری کرتی ہیں وغیرہ وغیرہ۔'"

"قطع کلام معاف۔ ان چیزوں کا اخلاق سے کیا تعلق ہے۔"

"تعلق کیسے نہیں۔ ذرا خیال فرمایئے۔ لڑکیاں اب بائیسکل چلاتی ہیں۔"

"اگر لڑکے بائیسکل چلاتے ہیں اور اس کے باوجود ان کا اخلاق قائم رہتا ہے تو لڑکیوں کے بائیسکل چلانے میں کیا قباحت ہے۔"

"نہیں صاحب۔ لڑکے، لڑکے ہیں۔"

"یہ تو کوئی دلیل نہیں۔ لڑکیاں بھی تو لڑکیاں ہیں..... بہرحال قوم نے آپ کی تقریر پر غور یا عمل کیا؟"

"بالکل نہیں۔ نتیجہ یہ ہوا کہ ایک بار پھر مجھے رونے کا دورہ پڑا۔ اس بار میں آٹھ مہینے روتا رہا اور میرا وزن صرف ڈیڑھ من رہ گیا۔"

"اس کے بعد کیا ہوا۔"

"چند مہینے ہوئے مجھے پتا چلا کہ قوم بہت فضول خرچ ہوتی جا رہی ہے۔ کافی تحقیق اور جستجو کے بعد اس نتیجہ پر پہنچا کہ قوم اگر شب برات، ہولی اور دسہرہ کے تہوار منانا بند کردے تو اسے لاکھوں روپے کی بچت ہوسکتی ہے۔"

"لیکن جناب تہوار تو دنیا کی ہر قوم مناتی ہے۔ آخر ہرج ہی کیا ہے، بزرگوں کی یاد تازہ ہوجاتی ہے۔ ہنسنے کھیلنے کے موقعے میسر آتے ہیں۔"

"مجھے آپ سے اتفاق نہیں۔"

"اور کسی صحیح العقل کو آپ سے اتفاق نہیں ہوگا۔"

"یہی تو مصیبت ہے۔ خود میرے بچوں نے میرے خلاف اعلانِ جنگ کر دیا۔ جب میں نے انھیں ہولی کا تہوار منانے سے روکا تو کم بختوں نے رنگدار پانی کی پچکاریاں چلا کر میرا قیمتی سوٹ تباہ کردیا۔ جب میں نے دیوالی کے تہوار کا بائیکاٹ کیا تو میری بیوی روٹھ کر میکے چلی گئی۔ برادری نے میرا حقہ پانی بند کردیا جب

میں نے کہا کہ دسہرہ کے تہوار میں شرکت نہیں کرونگا۔ قوم کی ہٹ دھرمی پر میں پورا ایک سال آنسو بہاتا رہا۔ نتیجہ یہ ہوا کہ میرا وزن صرف بیس سیر رہ گیا۔"

"کیا میں آپکو ایک مشورہ دینے کی گستاخی کر سکتا ہوں" میں نے ڈرتے ڈرتے کہا۔

"ہاں ہاں بڑے شوق سے۔"

"میری مانئے تو قوم کو اس کے حال پر چھوڑ دیجیے اور کچھ اپنا فکر کیجیے۔ نہیں تو مجھے ڈر ہے کہ آپ کا وزن صفر رہ جائے گا۔ یعنی آپ ہوا میں.........."

"آپ کا مطلب ہے قوم کے متعلق سوچنا بند کر دوں۔"

"جی ہاں"

"ناممکن۔ یہ کیسے ہو سکتا ہے۔ عمر بھر کی عادت کیسے چھوٹ سکتی ہے۔"

"تو پھر ناخوشگوار نتائج کے لئے تیار رہیئے۔"

"وہ تو میں شروع ہی سے ہوں۔"

اتنے میں گاڑی ایک بڑے اسٹیشن پر رکی۔ ڈبے میں ایک خاندان جو سات آٹھ افراد پر مشتمل تھا سوار ہوا۔ جب گاڑی چلی تو حسب عادت بچے شور مچانے لگے۔ ایک نوجوان لڑکا غزل کے اشعار گنگنانے لگا۔ لڑکی ایک فلمی رسالہ پڑھنے لگی۔ میرے ہمسفر نے جب یہ منظر دیکھا تو اس کی آنکھوں میں خون اتر آیا۔ اس نے گرج کر بچوں سے چپ رہنے کو کہا۔ لڑکی کو جھڑکتے ہوئے نصیحت کی کہ نوجوان لڑکیاں فلمی رسالے نہیں پڑھا کرتیں۔ نوجوان کو ڈانٹا کہ بہن کی موجودگی میں غزل کے اشعار نہیں گایا کرتے۔ خاندان کے بزرگ کو سخت سست کہا کہ اس نے سب بچوں کو ضرورت سے زیادہ بگاڑ رکھا ہے۔ جب وہ خوب اپنے دل کی بھڑاس نکال چکا تو اس نے داد طلب نگاہوں سے میری

طرف دیکھا۔ میں ابھی سوچ ہی رہا تھا کہ مجھے کیا کہنا چاہیئے کہ اس خاندان کے سب افراد پنجے جھاڑ کر اس کے پیچھے پڑ گئے، اسے ایسی کھری کھری سنائیں کہ خیر و عافیت معلوم ہو گئی۔ کسی نے اُسے سماجی ٹھیکے دار کا خطاب دیا۔ کسی نے خواہ مخواہ ٹانگ اڑانے والا کہا۔ کسی نے زبان سنبھال کر بولنے کا مشورہ دیا۔ کسی اور نے اُسے کھڑکی میں سے باہر پھینکنے کی دھمکی دی۔

بے چارہ مسافر جلی کٹی سن کر رنجیدہ خاطر ہوا کہ اس کی آنکھوں سے آنسوؤں کی جھڑی لگ گئی۔ معاً وہ اپنی سیٹ سے اچھلا اور ہوا میں اڑنے لگا۔ اور اس سے پیشتر کہ میں اُسے پکڑ سکتا وہ کھڑکی میں سے اڑ کر باہر جا چکا تھا۔ میں نے کھڑکی میں سے جھانک کر دیکھا، وہ بڑی تیز رفتاری سے بادلوں کی جانب اڑا جا رہا تھا۔

بنانے کا فن

دوسروں کو بنانا۔ خاص کر اُن لوگوں کو جو چالاک ہیں یا اپنے آپ کو چالاک سمجھتے ہیں ایک فن ہے۔ آپ شاید سمجھتے ہوں گے کہ جس شخص نے بھی "لومڑی اور کوّے" کی کہانی پڑھی ہے وہ بخوبی کسی اور شخص کو بنا سکتا ہے آپ غلطی پر ہیں۔ وہ کوّا جس کا ذکر کہانی میں کیا گیا ہے ضرورت سے زیادہ بے وقوف تھا ورنہ ایک عام کوّا لومڑی کی باتوں میں ہرگز نہیں آتا۔ لومڑی کہتی ہے "میاں کوّے! ہم نے سنا ہے تم بہت اچھا گاتے ہو۔" وہ گوشت کا ٹکڑا کھانے کے بعد جواب دیتا ہے: "بی لومڑی! آپ نے غلط سنا۔ خاکسار تو صرف کائیں کائیں کرنا جانتا ہے۔"

تاہم مایوس ہونے کی ضرورت نہیں۔ تلاش کرنے پر بیوقوف کوّے کہیں نہ کہیں مل ہی جاتے ہیں۔ اس اتوار کا ذکر ہے ہمیں پتا چلا کہ رائے صاحب موتی ساگر کا کتا مر گیا۔ ہم فوراً اُن کے ہاں پہنچے۔ افسوس ظاہر کرتے ہوئے ہم نے کہا۔ "رائے صاحب آپ کے ساتھ بہت ظلم ہوا ہے۔ برسوں کا ساتھی داغِ مفارقت دے گیا۔"

"پرماتما کی مرضی۔" رائے صاحب نے مری ہوئی آواز میں جواب دیا۔

"بڑا خوب صورت کتا تھا۔ آپ سے تو خاص محبت تھی۔"

"ہاں مجھ سے بہت لاڈ کرتا تھا۔"

"کھانا بھی سنا ہے آپ کے ساتھ کھاتا تھا۔"

"میرے ساتھ نہیں، میرے پاس بیٹھ کر کھاتا تھا۔"

"کہتے ہیں آپ کی طرح مونگ کی دال بہت پسند تھی۔"

"دال نہیں گوشت۔"

"آپ کا مطلب ہے چھیچھڑے۔"

"نہیں صاحب! بکرے کا گوشت۔"

"بکرے کا گوشت! واقعی بڑا سمجھ دار تھا۔ تیتر وغیرہ تو کھالیتا ہوگا؟"

"کبھی کبھی۔"

"یونہی منہ کا ذائقہ بدلنے کے لئے۔ سنا ہے، ریڈیو باقاعدگی سے سنتا تھا؟"

"ہاں ریڈیو کے پاس اکثر بیٹھا رہتا تھا۔"

"تقریریں زیادہ پسند تھیں یا گانے؟"

"یہ کہنا تو مشکل ہے۔"

"میرے خیال میں دونوں۔ سینما جانے کا بھی شوق ہوگا۔"

نہیں سینما تو کبھی نہیں گیا۔"

"بڑے تعجب کی بات ہے۔ پچھلے دنوں تو کافی اچھی فلمیں آتی رہیں۔ خیر اچھا ہی کیا۔ نہیں تو خواہ مخواہ آوارہ ہو جاتا۔"

"بڑا وفادار جانور تھا؟"

"اجی صاحب! ایسے کتے روز روز پیدا نہیں ہوتے۔ آپ نے شاید اڑھائی روپے میں خریدا تھا۔"

"اڑھائی روپے نہیں، اڑھائی سو میں۔"

"معاف کیجئے۔ کسی مہاراجہ نے آپ کو اس کے لئے پانچ روپے پیش کئے تھے؟"

"پانچ نہیں پانچسو۔"

"دوبارہ معاف کیجئے۔ پانچسو کے تو صرف اس کے کان ہی تھے۔ آنکھیں چہرہ اور ٹانگیں الگ۔"

"بڑی رعب دار آنکھیں تھیں اس کی۔"

"ہاں صاحب کیوں نہیں، جس سے ایک بار آنکھ ملاتا وہ آنکھ نہیں اٹھا سکتا تھا۔"

"چہرہ بھی رعب دار تھا۔"

"چہرہ! اجی چہرہ تو ہو بہو آپ سے ملتا تھا۔"

رائے صاحب نے ہماری طرف ذرا گھوم کر دیکھا۔ ہم نے جھٹ اٹھتے ہوئے عرض کیا۔ "اچھا رائے صاحب صبر کے سوا کوئی چارہ نہیں۔ واقعی آپ کو بہت صدمہ پہنچا ہے۔ آداب عرض۔"

رائے صاحب سے رخصت ہو کر ہم مولانا کے ہاں پہنچے۔ مولانا شاعر ہیں اور زاغ تخلص کرتے ہیں۔

"آداب عرض مولانا۔ کہیئے وہ غزل مکمل ہو گئی؟"

"کونسی غزل قبلہ؟"

"وہی۔ اعتبار کون کرے، انتظار کون کرے؟"

"جی ہاں ابھی مکمل ہوئی ہے۔"

"ارشاد"

"مطلع عرض ہے۔ شاید کچھ کام کا ہو۔

جب شدہ وعدہ پہ اعتبار کون کرے رات بھر انتظار کون کرے"

"سبحان اللہ کیا کرارا مطلع ہے۔ رات بھر انتظار کون کرے۔ واقعی پچپن سال کی عمر میں رات بھر انتظار کرنا بہت مشکل کام ہے اور پھر آپ تو آٹھ بجے ہی اونگھنے لگتے ہیں۔"

"ہے کچھ کام کا؟"

"کام کا تو نہیں لیکن آپ کے باقی مطلعوں سے بہتر ہے۔"

"شعر عرض کرتا ہوں ؎

گو حسیں ہے مگر لعیں بھی ہے اب لعیں سے پیار کون کرے"

"کیا بات ہے مولانا۔ اس "لعیں" کا جواب نہیں۔ آج تک کسی شاعر نے محبوب کے لئے اس لفظ کا استعمال نہیں کیا۔ خوب خبر لی ہے آپ نے محبوب کی۔"

"بجا فرماتے ہیں آپ۔ شعر ہے ؎

ہم خزاں ہی میں عشق کر لیں گے آرزوئے بہار کون کرے"

"بہت خوب۔ خزاں میں بیگم صاحبہ شاید میکے چلی جاتی ہیں۔ خوب موسم چنا ہے آپ نے۔ اور پھر خزاں میں محبوب کو فراغت بھی تو ہوگی۔"

"جی ہاں عرض کیا ہے ؎

مر گیا قیس نہ رہی لیلٰے عشق کا کاروبار کون کرے"

"بہت عمدہ ؎ عشق کا کاروبار کون کرے۔ چشم بددور آپ جو موجود ہیں۔ ماشاءاللہ آپ قیس سے کیا کم ہیں۔"

"نہیں قبلہ ہم کیا ہیں۔"

"اچھا کسرِ نفسی پہ اتر آئے۔ دیکھئے بننے کی کوشش مت کیجیے۔"

"مقطع عرض ہے۔"

"ارشاد۔"

"رنگ کالا سفید ہے ڈاڑھی　　زاغ سے پیار کون کرے۔"

"اے سبحان اللہ۔ مولانا کیا چوٹ کی ہے محبوب پر۔ واللہ جواب نہیں اس شعر کا — زاغ سے پیار کون کرے۔ کتنی حسرت ہے اس مصرع میں۔"

"واقعی؟"

"صحیح عرض کر رہا ہوں۔ اپنی قسم یہ شعر تو استادوں کے اشعار سے ٹکر لے سکتا ہے۔ کتنا خوبصورت تضاد ہے — رنگ کالا سفید ہے ڈاڑھی اور پھر زاغ کی نسبت سے کالا رنگ کتنا بھلا لگتا ہے۔"

زاغ صاحب سے اجازت لے کر ہم مسٹر "زیرو" کے ہاں پہنچے۔ آپ آرٹسٹ ہیں اور آرٹ کے جدید اسکول سے تعلق رکھتے ہیں۔ انہوں نے ہمیں اپنی تازہ تخلیق دکھائی۔ عنوان تھا "ساون کی گھٹا" ہم نے سنجیدگی سے کہا "سبحان اللہ۔ کتنا خوب صورت لہنگا ہے۔"

"لہنگا؟ اجی حضرت یہ لہنگا نہیں، گھٹا کا منظر ہے۔"

"واہ صاحب آپ مجھے بناتے ہیں۔ یہ تو صاف ریشمی لہنگا ہے۔"

"میں کہتا ہوں یہ لہنگا نہیں ہے۔"

"اصل میں آپ نے لہنگا ہی بنایا ہے لیکن غلطی سے اسے ساون کی گھٹا سمجھ رہے ہیں۔" — "یقین کیجیے میں نے لہنگا . . . ."

"اجی چھوڑیئے آپ کے تحت الشعور میں ضرور کسی حسینہ کا لہنگا تھا۔ دراصل آرٹسٹ بعض اوقات خود نہیں جانتا کہ وہ کس چیز کی تصویر کشی کر رہا ہے۔"

"لیکن یہ لہنگا ہرگز نہیں......"

"جناب میں کیسے مان لوں کہ یہ لہنگا نہیں۔ کوئی بھی شخص جس نے زندگی میں کبھی لہنگا دیکھا ہے اسے لہنگا ہی کہے گا۔"

"دیکھیئے آپ زیادتی کر رہے ہیں۔"

"اجی آپ آرٹسٹ ہوتے ہوئے بھی نہیں مانتے کہ آرٹ میں دو اور دو کبھی چار نہیں ہوتے بلکہ پانچ، چھ، سات یا آٹھ ہوتے ہیں۔ آپ اسے گھٹا کہتے ہیں۔ میں لہنگا سمجھتا ہوں۔ کوئی اور اسے مچھیرے کا جال یا ہیرا شوٹ سمجھ سکتا ہے۔"

"اس کا مطلب یہ ہوا کہ میں اپنے خیال کو واضح نہیں کر سکا۔"

"ہاں مطلب تو یہی ہے۔ لیکن بات اب بھی بن سکتی ہے۔ صرف عنوان بدلنے کی ضرورت ہے۔ "ساون کی گھٹا" کی بجائے "ان کا لہنگا" کر دیجئے۔"

مسٹر "زیرو" نے دوسری تصویر دکھاتے ہوئے کہا۔ "اس کے متعلق کیا خیال ہے؟" غور سے تصویر کو دیکھنے کے بعد ہم نے جواب دیا۔ "یہ ریچھ تو لاجواب ہے۔"

زیرو صاحب نے چیخ کر کہا۔ "ریچھ کہاں ہے یہ۔"

"ریچھ نہیں تو اور کیا ہے۔"

"یہ ہے زمانہ مستقبل کا انسان۔"

"اچھا تو آپ کے خیال میں مستقبل کا انسان ریچھ ہوگا۔"

"صاحب یہ ریچھ ہرگز نہیں۔"

"چلیئے آپ کو کسی ریچھ والے کے پاس لے چلتے ہیں۔ اگر وہ کہہ دے کہ یہ ریچھ ہے تو؟"

"تو میں تصویر بنانا چھوڑ دونگا۔"

"تصویریں بنانی تو آپ ویسے ہی چھوڑ دیں تو اچھا رہے۔"

"وہ کس لیئے۔"

"کیونکہ جب کوئی آرٹسٹ انسان اور ریچھ میں بھی تمیز نہیں کر سکتا تو تصویریں بنانے کا فائدہ۔"

مسٹر زیرو نے جھنجھلا کر کہا۔ "یہ آج آپ کو کیا ہو گیا ہے۔"

ہم نے قہقہہ لگا کر عرض کیا۔ "آج ہم بنانے کے موڈ میں ہیں اور خیر سے آپ ہمارے تیسرے شکار ہیں۔"

میلے ٹھیلے

انگریزی شاعر براؤننگ کہتا ہے کہ ہر چیز کا ایک روشن پہلو بھی ہوتا ہے۔ ہمیں اس سے اتفاق نہیں۔ بھلا آپ ہی بتایئے کہ دیمک یا باؤلے کتے کا کون سا روشن پہلو ہے۔ آپ شاید کہیں گے دیمک کتابوں کو چاٹ جاتی ہے اس لئے کتابیں پڑھنی نہیں پڑتیں۔ باؤلے کتے عام طور پر ان لوگوں کو کاٹتے ہیں جو گھر پر نہیں بیٹھتے اور جن کی بیویوں کو رات گئے تک ان کا انتظار کرنا پڑتا ہے۔ اس لئے انہیں قدرت کی طرف سے سزا مل جاتی ہے۔ چلئے یونہی سہی لیکن بتایئے کہ ان میلوں ٹھیلوں کا روشن پہلو کیا ہے۔ کہتے ہیں کہ میلے ٹھیلے تفریح کا سامان مہیا کرتے ہیں۔ اب اگر تفریح اسی چیز کا نام ہے کہ کسی اجاڑ یا سنسان جگہ میں جا کر خاک پھانکی جائے یا ایسی چاٹ کھائی جائے جس میں مرچوں کے سوا کچھ نہ ہو تو اس تفریح سے بور ہونا کہیں بہتر ہوگا۔

ہمارے شہر سے سات میل کے فاصلے پر ایک سنت کی سمادھ ہے۔ ان کی یاد میں ہر سال مئی کے مہینے میں میلہ لگتا ہے۔ پچھلے کئی سال سے ہم اس میلے میں شامل ہونے سے بچتے رہے۔ لیکن وہ جو کسی نے کہا ہے ؎

کہاں گردش فلک کی ہم کو اتنا چین دیتی ہے

ہماری قسمت کے بارے میں سولہ آنے ٹھیک ثابت ہوا۔ ایک دن شریمتی جی کو یک لخت الہام ہوا کہ سنت جی کی سمادھ پر جا کر منت مانی جائے تو ہمارے گھر میں روپے کی لہر بہر ہو سکتی ہے۔ بہتیرا سمجھایا کہ اگر اس طرح سب کے گھر لکشمی آ جاتی

توہمّوں کو دفتر جانے، افسروں کی گھُرکیاں سننے اور آدھی رات تک فائیلوں پر جھکے بیٹھنے کی کیا ضرورت تھی، لیکن وہ نہیں مانیں۔ کہنے لگیں، آپ تو ایک دم بے دین ہیں۔ کسی چیز میں ایمان ہی نہیں رکھتے۔ ہر سال ہزاروں لوگ منتیں ماننے جاتے ہیں، وہ بے وقوف تھوڑے ہی ہیں۔ اس کے بعد انہوں نے منتوں کے پورا ہو جانے کے قصے سنائے تو ایک آدھ لمحے کے لئے ہمیں بھی یقین سا ہو گیا کہ شاید یہ ٹھیک ہی کہتی ہیں۔ اُن کے کہنے کے مطابق مالتی بھابی کی کالی کھانسی چوبیس گھنٹوں میں کافور ہو گئی۔ شانتا ماسی کا لڑکا جگ موہن جو پانچ سال سے بی اے میں فیل ہو رہا تھا فسٹ ڈویژن میں پاس ہو گیا۔ چاچا رام گوپال چھوٹی عدالت میں مقدمہ ہارنے کے بعد ہائیکورٹ میں جیت گئے۔ ہم نے وعدہ کر لیا کہ اس بار ضرور چلیں گے۔

مئی کا مہینہ جب کہ صبح نو بجے ہی محسوس ہونے لگتا ہے کہ دوپہر ہو گئی ہے، ہم ایک تانگے میں سوار ہو کر سمادھ کی طرف روانہ ہوئے۔ کچی سڑک اور سڑک پر مٹی اور ریت کے انبار۔ اس پر تانگے کے پیچھے تانگہ چلا آ رہا ہے۔ قیمتی ریشمی سوٹ کا ستیا ناس تو ہونا ہی تھا۔ سر، منہ اور ناک بھی مٹی سے اس طرح لت پت ہو گئے کہ بھوت بننے میں کوئی کسر نہ رہ گئی۔ خدا خدا کر کے وہ جگہ آئی جہاں سمادھ واقع تھی۔ سمادھ کے چاروں طرف جنگل تھا اور اس میں منگل اس طرح منایا گیا تھا کہ دکانداروں نے ٹاٹ یا کپڑا تان کر چھوٹے چھوٹے اسٹال بنا رکھے تھے۔ جہاں وہ کھانے پینے کی چیزیں، کھلونے، الغوزے اور جوتے بیچ رہے تھے۔ سب سے زیادہ بھیڑ سمادھ پر تھی۔ جہاں حاجتمند چڑھاوے چڑھا کر منتیں مان رہے تھے۔ چنانچہ

ہم نے بھی سوا روپے کے بتاشے بھینٹ کرنے کے بعد بڑی عاجزی سے منت مانی کہ سنت مہاراج ! یہ جو مدت سے ہمارے ہاں چکر چل رہا ہے کہ آمدنی ڈیڑھ سو اور خرچ تین سو اسے ختم کیجیے تاکہ ہم بھی سکھ کا سانس لے سکیں۔

منت ماننے کے بعد سب سے بڑا مسئلہ کہیں آرام کرنے کا تھا۔ درختوں کی چھاؤں میں پناہ لینی پڑی۔ دوپہر کے وقت وہ لو چلی کہ تن بدن جھلس گیا۔ تیل میں تلی ہوئی پوریوں اور بینگن کی بھاجی کے سوا کوئی اور چیز دستیاب نہ ہوئی۔ رہ رہ کر اپنے پر غصہ آرہا تھا کہ خواہ مخواہ یہ مصیبت مول لی۔ لیکن شریمتی جی تھیں کہ ہر پانچ منٹ کے بعد منہ بھلا کر کہتیں "دیکھیے تو سہی کتنی رونق ہے، کتنے لوگ آئے ہیں، اگر سنت جی کی کرپا سے ہمارے ہاں لکشمی آگئی تو سب سے پہلے مکان بنواؤں گی۔" ادھر ہم دل ہی دل میں سوچ رہے تھے کہ مکان تو بنے گا یا نہیں، اگر گرمی کا یہی حال رہا تو آج سمادھ بھی سنت جی کی سمادھ کے پہلو میں بن جائے گی۔

چند سال کا ذکر ہے ایک دن ہم نے بیوی بچوں کے اصرار پر بسنت کے میلے پر جانے کا پروگرام بنایا۔ ہمارے پڑوسی پنڈت جے گوپال فرمانے لگے "اگر آپ کو کوئی اعتراض نہ ہو تو ہمارے بچے بھی آپ کے ساتھ میلے پر ہو آئیں۔" ہم نے سوچے سمجھے بغیر ہاں کر دی۔ دوسرے دن جب ہم اپنے پانچ اور پنڈت جی کے نصف درجن بچے ساتھ لے کر میلے میں داخل ہوئے تو معلوم ہوا بڑی غلطی ہوئی۔ ہر راہگیر ہمیں بچوں کی پوری ٹیم کے ساتھ چلتے ہوئے دیکھ کر مسکراتا، فقرے چست کرتا، یا دوسروں کی توجہ ہماری طرف مبذول کراتا۔ دو ایک بار خیال آیا کہ کسی راہگیر کو ٹوک کر کہیں "تم اپنے کو بہت چالاک سمجھتے ہو لیکن دراصل نرے بے چغد ہو۔ تم سمجھتے

ہو یہ سب بچے ہمارے ہیں۔ حالانکہ ان میں سے کچھ ہمارے پڑوسی پنڈت جے گوپال کے ہیں۔ انہیں سوچا کیوں خواہ مخواہ کسی سے جھگڑا مول لیا جائے پہلے ہی کیا کم پریشانی ہے جو اس میں اضافہ کریں۔ پریشانی یہ بھی کہ ہر پندرہ منٹ کے بعد بچوں کی حاضری لینی پڑتی کہ ان میں سے کوئی بھیڑ میں گم تو نہیں ہو گیا۔ اپنے بچوں سے بھی زیادہ پڑوسی کے بچوں کا خیال تھا۔ چنانچہ جب بھیڑ زیادہ ہو جاتی تو ہم چلا کر کہتے۔ "ریکھا کہاں ہے؟ بلو کدھر گیا۔ سریندر آ رہا ہے نا؟ رمیش پیچھے تو نہیں رہ گیا۔ اوشا کدھر مر گئی۔" میلے میں پتنگ بازوں کا وہ جمگھٹا تھا کہ معلوم ہوتا تھا کہ سارا شہر میلے میں ہجرت کر آیا ہے۔ وہ کاٹا ہے کی صداؤں سے فضا گونج رہی تھی۔ بس اس کے علاوہ میلے میں دیکھنے اور سننے کی کوئی چیز نہیں تھی۔ بہت حیران ہوئے! لوگ محض پتنگ اڑانے کے لئے اتنا فاصلہ طے کرتے ہیں۔ حالانکہ پتنگ تو چھت پر کھڑے ہو کر بھی اڑایا جا سکتا ہے۔

جب میلے کی بہار دیکھ چکے تو بچوں کے تقاضے شروع ہوئے۔ کسی نے کہا وہ موٹر لے گا۔ کسی نے کہا، بھالو، نیبیا، ہوائی جہاز۔ پنڈت جے گوپال کا ایک بچہ بلو بہت ضدی تھا۔ اسے چار پانچ کھلونے خرید کر دیئے لیکن اس کی کسی طرح تسلی نہ ہوئی۔ کہنے لگا میں تو پستول لوں گا۔ اب چونکہ پستول ذرا مہنگا تھا اس لئے ہم نے اسے مشورہ دیا کہ پستول کی بجائے وہ بطخیں لے لے۔ لیکن وہ ضد کرنے لگا۔ سارے کھلونے پھینک کر ایک طرف کو بھاگ نکلا۔ اتنے میں بھیڑ کا ریلا آیا اور وہ کہیں گم ہو گیا۔ بہت پریشان ہوئے کہ اب کیا ہوگا۔ کسی شخص نے کہا کہ خدمت خلق والوں کو خبر کر دیجئے وہ ڈھونڈ لائیں گے۔ خدمت خلق کے دفتر پہنچے وہاں ایک بزرگ سے ملاقات ہوئی۔ انھوں نے جھلا کر کہا۔ "اتنے بچے میلے میں لانے کی کیا ضرورت تھی اور پھر اگر وہ پستول خریدنے کی ضد کر رہا تھا تو آپ نے خرید دیتے۔ آخر اتنی کنجوسی بھی کیا!" اس کے بعد انہوں نے بچے کی عمر، حلیہ، لباس وغیرہ کے متعلق پوچھا اور ایک والنٹیر کو

بلاکر ڈھنڈورا پیٹنے کو کہا۔ ہم وہیں بیٹھ کر بلو کی واپسی کا انتظار کرنے لگے۔ ہر پندرہ منٹ کے بعد لاؤڈ اسپیکر پر اعلان سنتے۔ ایک بچہ جس کا نام بلو ہے عمر پانچ سال، رنگ گورا، نیلی قمیص اور خاکی نیکر پہنے ہوئے ہے، گم ہو گیا ہے۔ اگر کسی صاحب کو ملے تو وہ خدمت خلق کے دفتر میں پہنچا دیں۔ بلو کی دو چھوٹی بہنیں پھوٹ پھوٹ کر رو رہی تھیں۔ اس کے تین بھائی بھی کافی اداس تھے۔ ہمارے چہرے پر ہوائیاں اڑ رہی تھیں۔ تین بجے کے قریب دو والنٹیر بلو کو پکڑ لائے۔ رو رو کر وہ نڈھال ہو رہا تھا۔ ماں نے پستول خرید کر دیا اور آئندہ میلے میں بچوں کو لے جانے کی قسم کھائی۔

میلوں ٹھیلوں کو آج مکمل نمائشوں کا روپ دے دیا گیا ہے۔ بڑے شہروں میں کوئی مہینہ ایسا ہوگا جب کوئی نہ کوئی نمائش نہ ہو رہی ہو۔ نمائش چونکہ پڑھے لکھے لوگوں کی نگاہ میں میلے ٹھیلے کی حیثیت رکھتی ہے اس لئے وہ اسے بیوی بچوں کے ساتھ دیکھنے کے لئے آتے ہیں۔ ان آئے دن کے مہمانوں کی خاطر داری اور مہمان نوازی میں وقت الگ ضائع ہوتا ہے اور روپیہ الگ۔ ایک دفعہ یونیورسٹی ہال میں جدید آرٹ کی نمائش ہو رہی تھی۔ ہم چونکہ نہ قدیم اور نہ جدید آرٹ سمجھتے ہی نہیں ہیں اس لئے ہم نے اس نمائش کو دور سے سلام کرنے میں ہی خیریت سمجھی۔ مگر ہمارے ایک لکھنوی دوست جو جدید آرٹ پر جان چھڑکتے ہیں ہمارے ہاں آ ٹپکے اور اصرار کرنے لگے کہ ہم بھی ان کے ساتھ یونیورسٹی ہال چلیں۔ وہاں جا کر دیکھتے ہیں کہ ایک سے ایک عجیب تصویر ہے۔ ایک تصویر کا عنوان ہے دو بہنیں۔ لیکن بہنوں کی بجائے دو موم بتیاں دکھائی گئی ہیں۔ ایک اور تصویر ہے "دلہن" جو ہیرا شوٹ سے ملتی جلتی کوئی چیز نظر آتی ہے۔ ایک اور تصویر رقاصہ ہے لیکن رقاصہ کہیں نظر نہیں آتی۔ البتہ ایک سارنگی گھنگھرو باندھ کر ناچ رہی ہے۔ ہمارے آرٹسٹ دوست ان تصویروں

کو دیکھ دیکھ کر اچھل پڑتے تھے اور بار بار فرماتے واللہ کیا بات پیدا کی ہے۔ ہم پوچھتے "کہاں" وہ جواب دیتے "صاحب دماغ چاہیے جدید آرٹ کو سمجھنے کے لئے۔" ہال میں اِدھر اُدھر گھومتے ہوئے ہمارے دوست کو ایک تصویر اتنی پیاری لگی کہ انہوں نے اسے خریدنے کا ارادہ کر لیا۔ ہماری رائے میں وہ نہایت فضول سی تھی یا ایک انار کے اوپر ایک کلی رکھی گئی تھی اور عنوان تھا "سلیم اور انار کلی"۔ قیمت دریافت کی تو بتایا گیا کہ پانچ سو روپے ہے۔ ہمارے دوست کی جیب میں چار سو تھے۔ چنانچہ سو روپے ہم نے اپنی جیب سے ادا کئے اور اس طرح اپنے روپوں اور اپنے دوست کی عقل پر فاتحہ پڑھتے ہوئے یونیورسٹی ہال سے باہر آئے۔

میلے ٹھیلے دیکھنے کے بعد ہم جن نتائج تک پہنچے ہیں وہ یہ ہیں۔

اوّل۔ عام طور پر میلے ایسی فضول جگہ لگتے ہیں جہاں اگر وہ نہ لگیں تو کوئی شخص وہاں جانا گوارا نہ کرے۔

دوم۔ وقت ضائع کرنے یا بور ہونے کا بہترین طریقہ یہی ہے کہ میلوں ٹھیلوں میں شرکت کی جائے۔

سوم۔ کسی بھی نمائش میں تماش بینوں کے علاوہ کوئی چیز دیکھنے کے قابل نہیں ہوتی۔

بے قاعدگیاں

واعظ، ناصح اور فلسفی قسم کے لوگ کہتے ہیں کہ اگر زندگی میں باقاعدگی نہ ہو تو انسان کبھی خوش نہیں رہ سکتا۔ خدا جانے ٹھیک ہی کہتے ہوں گے۔ ہمارا تجربہ تو یہ ہے کہ اگر زندگی میں باقاعدگی آجائے تو زندگی، زندگی نہیں ہوتی۔ بھلا یہ بھی کوئی زندگی ہے کہ آدمی ہر صبح ایک مقررہ وقت پر اٹھے، ہر روز ایک ہی سڑک پر سیر کو جائے۔ سیر سے واپس آکر غسل کرے۔ مقررہ وقت پر چائے پیے، چائے میں نپی تلی چینی ڈالے، شام کے پانچ بجے کلب میں پہنچ جائے، ٹینس، ہاکی یا برج کھیلے، اور رات کے دس بجے بستر پر دراز ہو جائے۔ آدمی نہ ہوا ٹک ٹک کرنے والا کلاک ہوا۔

دراصل جو مزا بے قاعدگی میں ہے وہ باقاعدگی میں کہاں۔ مثال کے طور پر ہمیں روزانہ شیو کرنے کی عادت ہے۔ لیکن آج صبح بارش ہو رہی ہے اور دل شیو کرنے کو نہیں چاہ رہا تو نہ سہی، ہم شیو نہیں کریں گے۔ آخر کونسی آفت ٹوٹ جائے گی اگر ایک دن شیو نہیں کیا۔ فرصت سے بستر میں بیٹھیں گے، اخبار پڑھیں گے یا گرم گرم چائے پئیں گے۔ یہی ہوگا نا کہ جب آئینے میں اپنی صورت دیکھیں گے تو چہرہ کچھ غیر مانوس دکھائی دے گا۔ کوئی مضائقہ نہیں۔ ہم اس چہرے کی اجنبیت سے لطف اندوز ہونے کی کوشش کریں گے۔ اس کے باوجود اگر وحشت محسوس ہوئی تو لاحول پڑھ کر آئینہ پھینک دیں گے لیکن شیو کرنے کے مخمصے میں نہیں پڑیں گے۔ اور اگر موسم چار پانچ دن خراب رہا تو اور بھی اچھا ہے۔ داڑھی بڑھنے دیں گے۔ ممکن ہے بڑھی ہوئی داڑھی اتنی اچھی لگے کہ ہم داڑھی رکھ لیں، اور شیو کرنے کی زحمت

سے ہمیشہ کے لئے نجات مل جائے۔

روزانہ غسل کرنا اچھی عادت ہے۔ لیکن جنوری کے مہینے میں جب پانی کے تصور ہی سے روح لرزنے لگتی ہے یہ کیا ضروری ہے کہ ہم غسل خانے کا رُخ کریں۔ ہم تب تک انتظار کریں گے جب تک گلابی جاڑے کا موسم نہیں آتا اور پھر نہایت اطمینان سے غسل کریں گے۔ ظاہر ہے جسم سے کافی غلاظت اترے گی۔ اس شخص کے حق میں دعائیں گے جو ہا نے صابن ایسی مفید چیز ایجاد کی اور غسل کرنے کے بعد محسوس کریں گے کہ یہ عمل جسم کی صفائی کے لئے کتنا ضروری ہے۔ اب آپ ہی کہیئے کہ روزانہ غسل کرنے میں وہ لطف کہاں جو ایک لمبے عرصہ کے بعد غسل کرنے میں ہے۔

ہمارے ایک دوست کھانے پینے کے معاملے میں ضرورت سے زیادہ محتاط واقع ہوئے ہیں۔ آم وہ اس لئے نہیں کھاتے کہ اس کی تاثیر گرم ہوتی ہے۔ امرود سے اس لئے بدکتے ہیں کہ اس کے کھانے سے ہیضہ ہو جانے کا خدشہ ہے۔ کیلے کو دور سے سلام کرتے ہیں کہ یہ ثقیل ہوتا ہے۔ سنگترہ اس لئے ناپسند ہے کہ اکثر ترش ہوتا ہے۔ دہی بڑوں سے اس لئے ڈرتے ہیں کہ انھیں کھانے سے گلا خراب ہو جاتا ہے۔ غرضکہ دنیا کی آدھی نعمتوں سے انھوں نے اپنے کو محروم رکھا ہے اور یہ سب اس لئے کہ بیمار نہ ہو جائیں لطف یہ کہ اکثر بیمار رہتے ہیں کبھی اس لئے کہ فلاں پارٹی میں غلطی سے ایک گلاب جامن کھا لیا تھا۔ کبھی اس لئے کہ ایک دوست نے زبردستی انھیں سنگترے کا رس پلا دیا تھا۔

کچھ لوگ لکھنے پڑھنے کے سلسلے میں باقاعدہ پروگرام کے مطابق کام کرنے کے حق میں ہوتے ہیں۔ مثلاً انھیں ایک مشہور ناول پڑھنا ہے تو سب سے پہلے وہ ناول کے

صفحوں کو ان دنوں کی تعداد پر تقسیم کریں گے جن میں وہ ناول ختم کرنا چاہتے ہیں۔ جواب آئیگا دس۔ ڈہر روز صرف دس صفحے پڑھ کر ناول بند کریں گے چاہے گیارھواں صفحہ کتنا ہی دلچسپ کیوں نہ ہو وہ ہرگز اسے نہیں پڑھیں گے۔ گیارھویں صفحے پر واقعہ کا کلائمکس ہے لیکن یہ حضرات سینے پر پتھر رکھ کر اس کا مطالعہ کل پر اٹھا رکھیں گے کیونکہ مطالعہ کا روزانہ کوٹا صرف دس صفحے ہے۔ ایسا مطالعہ ہمارے خیال میں مسرت کی بجائے زحمت کا درجہ رکھتا ہے کیونکہ اگر ناول واقعی دلچسپ ہے تو کیوں نہ اسے دو ایک نشستوں ہی میں پڑھ لیا جائے۔

اور کچھ وہ لوگ ہیں جو جواب کے خطوط کا باقاعدگی سے جواب دینے کے چکر میں مبتلا ہیں۔ آپ اکثر دیکھیں گے کہ خطوط کا ڈھیر ان کے سامنے لگا ہوا ہے جلدی جلدی ایک خط اٹھاتے ہیں اسے پڑھتے ہیں اور فوراً جواب لکھنے میں مصروف ہو جاتے ہیں۔ ادھر خط لکھ رہے ہیں ادھر بار بار گھڑی کی طرف دیکھ رہے ہیں کہ ڈاک نکلنے میں تین منٹ باقی ہیں۔ اطمینان کا سانس لیا خطوط لیٹر بکس میں ڈالے اور چہرے پر ایک فاتحانہ مسکراہٹ لئے ہوئے واپس گھر آئے۔ صاحب کوئی ان سے پوچھے کہ یہ خطوط آج کی ڈاک سے نہ جاتے تو کونسا غضب ہو جاتا اور جو وقت آپ نے فضول سے خطوط کا جواب لکھنے میں ضائع کیا کیا اس کا اس سے بہتر مصرف نہیں ہو سکتا مثلاً آپ اس وقت میں وائلن بجانے کی مشق کر سکتے تھے یا کوئی باتصویر رسالہ ملاحظہ فرما سکتے تھے۔ آخر یہ آپ کو کس حکیم نے بتایا ہے کہ ہر خط کا جواب ضرور دیا جائے اور پھر ایسے خطوط کا جواب کیا ہو سکتا ہے جن میں لکھا ہوتا ہے "ہم بخیریت ہیں۔ امید ہے آپ بھی بخیریت ہوں گے۔" اب اس کے سوا کہ آپ جواب میں لکھ بھیجیں "جی ہاں آپ

کا خیال درست ہے ہم دونوں بخیریت ہیں۔" اور لکھ بھی کیا سکتے ہیں۔

کتنے ہی لوگوں نے ہر شام کلب میں جانا معمول بنا رکھا ہے۔ ادھر پونے پانچ بجے ادھر انھیں یہ خیال ستانے لگا کہ کہیں دیر نہ ہو جائے۔ ہمیں تو ان کی اس باقاعدگی پر رحم آتا ہے۔ بھلا یہ ہر روز کلب میں اسلئے جاتے ہیں کہ وہی پرانے قصے سنیں اور پرانی باتیں دہرائیں جو مدت سے سن اور دہرا رہے ہیں۔ کپتان صاحب کا شیر پر تلوار سے حملہ کرنے کا قصہ، پروفیسر صاحب کے تیسرے معاشقے کی داستان، وکیل صاحب کا پرانا رونا کہ خوراک کم کرنے کے باوجود ان کا پیٹ بڑھتا چلا جا رہا ہے۔ مس بوس کی شکایت کہ جب سے ان کا تبادلہ ہوا ہے وہ مسکرانا بھول گئی ہیں اور ڈاکٹر چاولہ کا ارشاد کہ گنجے پن کا کوئی علاج نہیں۔ ایسی بور کرنے والی باتیں کہ جنھیں ہر روز سن سن کر بھلا چنگا انسان پاگل ہو جائے۔ کیوں نہ کبھی کبھی کلب سے نجات حاصل کرنے کے لئے آدمی کسی ایسے سینما ہال میں جا بیٹھے جہاں کوئی دلچسپ فلم دکھائی جا رہی ہو یا گھر میں بیٹھ کر کوئی نظموں کی کتاب پڑھے۔

دراصل باقاعدگی اور یکسانیت میں چولی دامن کا ساتھ ہے۔ نظام قدرت کو لیجئے آپ کو کہیں باقاعدگی نظر نہیں آئے گی۔ وسیع و عریض وادیاں تو ضرور مل جائیں گی لیکن شالامار یا نشاط باغ کی قدرت سے توقع کرنا بیکار ہے۔ پہاڑوں، سمندروں اور جنگلوں کے سلسلوں پر نظر دوڑائیے یہ جیومیٹری کے کس قاعدے کے مطابق بنائے گئے ہیں؟ یہی حال موسم کے تغیر و تبدل کا ہے۔ موسم کی پیش گوئی کرنے والے لاکھ کہتے رہیں کہ فلاں دن بارش نہیں ہوگی لیکن قدرت اکثر ان کی پیش گوئیوں کو جھٹلا کر اپنی بے قاعدگی کا ثبوت دیتی رہے گی۔ اصل میں قدرت تنوع پسند ہے۔ ایک ہی ڈگر پر چلنا اسے بالکل پسند نہیں۔

مشہور فرانسیسی مفکر روسو نے کہا تھا "انسان کی نجات اس میں ہے کہ وہ قدرت

کی طرف لوٹ جائیے۔" جب خود قدرت کو بے قاعدگی عزیز ہے تو وہ لوگ کس طرح خوش رہ سکتے ہیں جو باقاعدگی کی رٹ لگاتے رہتے ہیں آج انھوں نے مقررہ وقت پر گھڑی کو چابی نہیں دی اس لئے انھیں یہ فکر لگی ہوئی ہے کہ کہیں گھڑی خراب نہ ہو جائے۔ کل رات انھوں نے ڈائری نہیں لکھی اس لئے انھیں محسوس ہو رہا ہے جیسے ان سے کوئی جرم سرزد ہو گیا ہے۔ پرسوں انھوں نے چائے کے بعد کافی کا ایک پیالہ پی لیا تھا، خدا جانے اب کیا ہوگا۔ آج موسم خراب تھا وہ سیر کو نہیں جا سکے اسلئے وہ کھوئے کھوئے سے نظر آتے ہیں۔ دراصل اور بہت سے توہمات کی طرح باقاعدگی کا وہم بھی ان لوگوں کے دماغ کی پیداوار ہے جو کم ہمت واقع ہوئے ہیں۔ جنھیں زندگی سے ڈر لگتا ہے جو کبھی کھل کر اس لئے زندگی کی لذتوں سے لطف اندوز نہیں ہو سکتے کہ کہیں ایسا نہ ہو جائے، کہیں ویسا نہ ہو جائے۔

ہم تو خدا کا شکر بجا لاتے ہیں کہ ہماری زندگی میں بے قاعدگی کو ایک حد تک دخل ہے کہ ہم تب تک بال نہیں ترشواتے جب تک شہر کے تمام نائی ہماری خدمت میں ڈیپوٹیشن لے کر نہیں آتے کہ حضور اب تو آپ کو دیکھ کر ہر شخص کو وحشت ہونے لگی ہے، اب تو بال ترشوا لیجئے۔ تب تک سیر کو نہیں جاتے جب تک کہ موسم اتنا خوشگوار نہیں ہو جاتا کہ ہمیں خود گھسیٹ کر گھر سے باہر لے جائے اور تب تک خط کا جواب نہیں دیتے جب تک وہ خط اتنا دلچسپ نہ ہو کہ اس کا جواب دینے کو خواہ مخواہ جی چاہے۔ ان بے قاعدگیوں میں وہ مزا ہے کہ جس پر ہزار باقاعدگیاں قربان کی جا سکتی ہیں۔ بقول آل احمد سرور کے

کسی کی مصلحت اچھی کہ اپنا یہ جنوں بہتر
سنبھل کر گرنے والو ہم تو گر گر کر سنبھلتے ہیں

بزرگ

جو آ کے نہ جائے وہ بڑھاپا دیکھا
جو جا کے نہ آئے وہ جوانی دیکھی

بچپن میں جب یہ شعر پہلی بار سنا تھا تو ہنس کر کہا تھا بھلا اس میں کیا قباحت ہے کہ بڑھاپا ایک بار آنے کے بعد پھر کبھی نہیں جاتا۔ بڑھاپا تو بزرگی کی نشانی ہے اور بزرگی کے فائدے سے ہر شخص جانتا ہے۔ یہی تو عمر کا وہ حصہ ہوتا ہے جب انسان کی کچھ قدر ہوتی ہے۔ یعنی جب ڈانٹنے اور سخت سست کہنے والا کوئی نہیں ہوتا۔ اب جب کوئی ایسی بات بھی کی جائے جس کا کچھ مطلب نہ ہو تو سننے والے سمجھ لیتے ہیں کہ بات تو پتے کی ہو گی، ہماری ہی سمجھ میں نہیں آئی۔ گھر میں جب کسی بزرگ کو دیکھتے تھے تو ان کی بزرگی پر رشک آتا تھا۔ سوائے کھانے اور گھورنے کے انہیں کوئی کام نہیں اور رعب اتنا کہ ہر شخص ان کے سامنے خاموش رہنے ہی میں خیریت سمجھتا ہے۔ یونہی آپ نے کوئی بات کی اور بزرگ نے کھانس کر ڈانٹا "چپ رہو چھوٹا منہ بڑی بات موقع محل دیکھ کر بات کیا کرو۔" اس وقت یہی محسوس ہوتا تھا کہ جب تک بزرگ سلامت ہیں بات کرنے کا کبھی موقع محل میسر نہ ہو گا۔ یقین جانئے اس وقت چوری چھپے دعا کرتے تھے کہ وہ کونسا مبارک دن ہو گا جب ہمارا شمار بزرگوں میں ہو گا جب ہم بھی چھوٹے نوجوانوں کو ڈانٹ کر کہا کریں گے "عزیزو۔ ہم نے بال دھوپ میں سفید نہیں کیے۔ تجربہ بڑی چیز ہے۔ بزرگوں کا منہ چڑاؤ گے تو ہمیشہ منہ کی کھاؤ گے۔"

پھر ایک دن یہ آیا کہ عمر کی منزلیں طے کرنے کے بعد ہم بوڑھے ہو گئے اور ہمیں بھی لوگ بزرگ سمجھنے لگے۔ پانچ سال بزرگ رہنے کے بعد معلوم ہوا کہ بزرگی سے بڑی

مصیبت اس دنیا میں ہو ہی نہیں سکتی ۔ بزرگ ہونے کا سب سے بڑا نقصان یہ نہیں کہ آپ چنے نہیں چبا سکتے یا باریک حروف میں لکھی ہوئی کتاب نہیں پڑھ سکتے بلکہ آپ کسی تفریح میں شریک نہیں ہو سکتے ۔ اب ہماری مثال ہی لیجئے ۔ جوانی میں گانا سننے یا ناچ دیکھنے کا اتنا شوق تھا کہ جونہی پتہ چلتا کہ فلاں جگہ کوئی پروگرام ہے سب کام چھوڑ کر وہاں پہنچ جاتے ۔ اب یہ حال ہے کہ کسی ایسی مجلس میں جانے کی ہمت نہیں پڑتی ۔ ابھی پچھلے مہینے بمبئی کی مشہور گانے اور ناچنے والی ۔۔۔ بھلا سا نام تھا اس کا ہمارے شہر میں آئی تھی ۔ نوجوانوں کی خوشی کا یہ حال تھا جیسے انھیں وہ سب کچھ مل گیا ہو جس کی وہ تمنا کیا کرتے تھے ۔ اور اپنی یہ حالت کہ شاعر کے اس شعر کو بار بار پڑھتے تھے ؎

کل ہم آئینے میں رُخ کی جھریاں دیکھا کئے ۔ کاروانِ عمرِ رفتہ کے نشاں دیکھا کئے

اتنا اچھا گانا ، ایسا بڑھیا ناچ لیکن ہم ان سے اس لئے محروم ہیں کہ کوئی دیکھ لے گا تو کیا کہے گا ۔ خیر باقی لوگ تو بعد میں کچھ کہیں گے پہلے بھاگوان ہی کیا کہیں گی ۔ یہی نا کہ " دماغ خراب ہو گیا ہے ، سینگ کٹا کر بچھڑوں میں شامل ہونا چاہتے ہو ، اب تو پیچھا چھوڑ ا سے کبھی عقل کی بات کر لیا کرو ۔ قبر میں پاؤں لٹکائے بیٹھے ہو اور چونچلوں سے جی نہیں بھرا ۔ دنیا تو بگڑی ہے آخرت ہی سنوار لو ، منگلوار سے مندر کی کتھا ہو رہی ہے وہاں تو گئے نہیں اور ناچ دیکھنے جاؤ گے ۔"

ہولی کے دنوں میں کیا کیا دھومیں مچاتے تھے ۔ فضا میں عبیر اور گلال اڑ رہا ہے ۔ کپڑے رنگ برنگے ہو رہے ہیں ۔ رنگ سے بھری پچکاریاں ، ایک دوسرے کا تعاقب ، ہنسی مذاق قہقہے ، رنگ ڈال رہے ہیں ڈلوا رہے ہیں ، رنگین موسم ، رنگین فضائیں ۔ لیکن یہ سب باتیں جوانی کے ساتھ رخصت ہو گئیں ۔ اب کیا مجال جو ہولی کے دنوں میں گھر سے باہر قدم بھی رکھیں ۔

پتھر کا بت بنے نوجوانوں کو رنگ رلیاں مناتے دیکھ رہے ہیں۔ کئی بار جی چاہا کہ اٹھ کر ان میں شامل ہو جائیں۔ زور سے نعرہ لگائیں، "آج رنگ ہے، دیکھنا کوئی بچ کر نہ جانے پائے"! لیکن پھر خیال آتا ہے کہ اگر ایسا کیا تو دیکھنے والے یہی کہیں گے۔ "سٹھیا گیا ہے" یا ممکن ہے کوئی بوڑھی گھوڑی اور لال لگام والی پھبتی کس دے۔

کئی بار نہاتے وقت جی چاہتا ہے کہ کوئی پھڑکتی ہوئی ٹھمری یا چلتا ہوا دادرا گائیں اور نہیں تو کسی بھونڈے بے سرے فلمی گیت ہی کی یاد تازہ کریں۔ لیکن یہ سوچتے ہوئے کہ کسی نے سن لیا تو دانتوں تلے انگلیاں داب لے گا چپ رہتے ہیں۔ اس عمر میں بھی ہزاروں رومانی اشعار ہیں جنہیں گنگنانے کو بے ساختہ جی چاہتا ہے لیکن یہ ڈر ہمیشہ ہوا دامن گیر رہتا ہے کہ لوگ کہیں گے کہ بڑے میاں آخری عمر میں رومانٹک ہوتے جا رہے ہیں۔ کل شام ایک عجیب واقعہ ہوا۔ شہر کے بہترین سینما ہال میں شیکسپیئر کے مشہور ڈرامے رومیو جولیٹ کی فلم دکھائی جا رہی تھی۔ لاکھ کوشش کرنے کے باوجود ہم سے صبر نہ ہو سکا۔ چنانچہ نوجوانوں کی آنکھ بچاتے ہوئے سینما ہال میں داخل ہو گئے۔ ابھی فلم شروع ہونے میں کچھ دیر تھی۔ اب دیکھتے کیا ہیں کہ ہر نوجوان ہماری طرف گھور گھور کر دیکھ رہا ہے جیسے ہم سے کسی ناقابلِ معافی جرم یا گناہ کا ارتکاب ہو گیا ہو۔ پیچھے سے آواز آئی: "بال سفید ہو گئے لیکن دم خم ابھی باقی ہے۔" ہم نے یہ سنا اور جل بھن کر رہ گئے۔ اتنے میں کسی اور نے کہا۔ "اجی عمر ہی کیا ہے ابھی تو دودھ کے دانت بھی نہیں ٹوٹے۔" دانتوں کا ذکر سنتے ہی ہمیں اپنے مصنوعی دانت یاد آ گئے۔ خدا جانے ابھی اور کیا کچھ سنتے کہ فلم شروع ہو گئی۔ انٹرول میں جب روشنی ہوئی تو تین چار نوجوان جنہیں ہم جانتے تھے ہمارے آس پاس بیٹھے ہوئے پائے گئے۔ وہ حیران ہو کر پوچھنے لگے: "قبلہ آپ یہاں کیسے؟" ہم نے شرمندہ سا ہو کر جواب دیا۔

"یونہی بیٹھے بیٹھے طبیعت گھبرا گئی تھی، یہاں چلا آیا۔" وہ ہمیں بنانے لگے: "کہیئے، جوبیلیٹ پسند آئی۔ دراصل ایسی فلمیں آپ جیسے بزرگوں کے لئے ہی بنائی جاتی ہیں۔ ہم چھوکرے تو یونہی آدھمکتے ہیں۔" وہ دن اور آج کا دن ہم کبھی فلم دیکھنے نہیں گئے۔

تو صاحب اب پتہ چلتا ہے کہ بزرگی کس بھاؤ پڑتی ہے۔ ہمارے خیال میں تو بزرگی کا دوسرا نام قید محض ہے۔ چونکہ آپ بزرگ ہیں اس لئے آپ کسی محفل میں شرکت نہیں کر سکتے جہاں ہنسی مذاق کی باتیں ہو رہی ہوں۔ بزرگی کا احساس سائے کی طرح آپ کے ساتھ لگا رہتا ہے۔ عورت، شراب، حسن کا ذکر اگر آپ غلطی سے کہیں کر بیٹھیں تو طوفان برپا ہو جاتا ہے۔ لوگ آپ کو "ہری لالہ" اور "ننگے سیار" کے خطابوں سے نوازنے لگتے ہیں۔ یعنی عجیب بیکسی کا عالم ہوتا ہے بزرگی میں۔ چاٹ آپ نہیں کھا سکتے کیونکہ بزرگ ہیں۔ شعر آپ نہیں گنگنا سکتے کیونکہ آپ کے بال سفید ہو گئے ہیں۔ سرکس، تھیئٹر دیکھنے آپ اس لئے نہیں جا سکتے کہ یہ نوجوانوں کے لئے ہیں۔ صرف ایک بات آپ کر سکتے ہیں اور وہ یہ کہ جوش ملیح آبادی کی مشہور نظم "مجھے بے ساختہ اپنی جوانی یاد آتی ہے" بار بار پڑھ کر اپنا دل خوش کر لیا کریں۔ لیجئے ہم بھی اسی نظم کا ایک بند پڑھ کر جوانی کی یادوں کو تازہ کرتے ہیں۔

مرے خلوت کدے میں کانپنے لگتے ہیں جب سائے
ہوا آتی ہے مرجھائے ہوئے لمحوں کو مہکائے
چمک اٹھتے ہیں جتنے چاند تھے یادوں میں گہنائے
تصور میں نگارہ آتے ہیں جب زلفوں کو بکھرائے
تمنا جب اندھیرے میں بھی باتی جلاتی ہے
مجھے بے ساختہ اپنی جوانی یاد آتی ہے

ہم نے کُتّا پالا

"آپ خواہ مخواہ کتوں سے ڈرتے ہیں، ہر کتا باولا نہیں ہوتا جیسے ہر انسان پاگل نہیں ہوتا۔ اور پھر یہ تو "ال سیشن" ہے۔ بہت ذہین اور وفادار۔" کیپٹن حمید نے ہماری ڈھارس بندھاتے ہوئے کہا۔ کیپٹن حمید کو کتے پالنے کا شوق ہے۔ شوق نہیں جنون ہے۔ کتوں کو وہ اتنی محبت سے پالتے ہیں جو والدین کو اپنے اکلوتے بچے سے ہوتی ہے۔ میں اس معاملہ میں ان کی ضد واقع ہوا ہوں۔ کتے کو دیکھ کر چاہے وہ کتنا شریف اور بے ضرر کیوں نہ ہو۔ مجھے اس سے خدا واسطے کا بیر ہو جاتا ہے۔ میرا بس چلے تو تمام کتوں کو ایک لمبی چوڑی حوالات میں بند کر دوں۔ کیپٹن حمید میری اس کمزوری سے بخوبی واقف ہیں اسی لئے وہ بار بار مجھے اپنا نظریہ بدلنے کیلئے کہہ رہے تھے۔ "دیکھئے "ٹائیگر" (یہ ان کے کتے کا نام ہے) دو چار دن میں آپ سے مانوس ہو جائیگا اور پھر آپ محسوس کریں گے کہ جب تک وہ چائے کی میز پر موجود نہ ہو آپ چائے نہیں پی سکتے۔ کھانے کے وقت برابر وہ آپ کے ساتھ مل کر کھانا کھائیگا اور آپ کو احساس ہوگا جیسے آپ کسی بہت پیارے مہمان کی خاطر تواضع کر رہے ہیں۔ سیر پر آپ کے ساتھ جائیگا اور۔۔۔"

"لیکن کیپٹن صاحب میں تو کتوں کی صورت تک سے بیزار ہوں۔ میں۔۔۔۔۔"

"ارے بھئی نہیں۔ مہینہ بھر کی تو بات ہے۔ میں مدراس سے واپس آتے ہی اسے لے جاؤنگا۔"

"معاف کیجئے میں آپ کا کتا۔۔۔۔۔"

"آپ تو بچوں کی طرح ضد کرتے ہیں۔ ذرا رکھ کر تو دیکھئے۔ جب واپس کرینگے تو آپکی آنکھوں میں آنسو ہونگے۔"

کیپٹن حمید "ٹائیگر" کو میرے ہاں چھوڑ گئے، جیسا کہ انہوں نے فرمایا تھا ٹائیگر بہت جلد مجھ

سے بے تکلف ہو گیا۔ یہ شاید تیسرے چوتھے دن کی بات ہے کہ میں نیا سوٹ پہنکر ایک پارٹی میں شرکت کرنے کیلئے جا رہا تھا جونہی ڈیوڑھی میں سے جہاں ٹائیگر بندھا ہوا تھا گزرا یک لخت وہ اچھل کر ٹانگوں پر کھڑا ہو گیا اور مجھ سے یوں بغلگیر ہوا جیسے برسوں کے بعد ملاقات ہوئی تھی۔ لگا اپنی لمبی لمبی زبان میرے کوٹ اور پتلون پر پھیرنے۔ چنانچہ جتنی رال اسکے منہ میں تھی، وہ سب اُسنے میرے لباس کی نظر کر دی۔ اسکے پنجے مٹی سے لتھڑے ہوئے تھے اسلئے سوٹ پر جگہ جگہ بدنما دھبے لگ گئے۔ اپنی دانست میں وہ محبت اور بے تکلفی کا اظہار کر رہا تھا اور ادھر ہم دل ہی دل میں پیچ و تاب کھا رہے تھے کہ کم بخت نے بڑھیا سوٹ کا ستیاناس کر دیا۔ سوٹ تبدیل کیا اور پچھلے دروازے سے باہر گئے۔ پارٹی سے واپس آئے تو بالکل بھول گئے کہ ڈیوڑھی میں ٹائیگر بندھا ہوا تھا۔ اسکے قریب سے گزرے تو اس نے پھر اچھل کر ہمارا خیر مقدم کیا اور اتنی گرمجوشی سے کہ پہلے خیر مقدم کو بھی مات کر دیا۔ ہم گرتے گرتے بچے وہ ہمارا منہ چاٹنے کی بار بار کامیاب کوشش کر رہا تھا۔ ہم نے ہاتھ سے منع کرنے کی سعی کی۔ اس نے ہمارا ہاتھ اپنے مضبوط دانتوں کی گرفت میں لے لیا۔ گو خدا کا شکر ہے کہ کاٹا نہیں، اب جتنا اسے سمجھاتے ہیں کہ ٹائیگر صاحب اب موت کی حد ہو گئی۔ اب جانے بھی دیجیئے۔ ہم اُتنا ہی وہ مشتاق ہوتا جاتا ہے۔ بارے جب اس کی تسلی ہوئی کہ بے تکلفی کا حق ادا ہو گیا تو اس نے اندر جانے کی اجازت دے دی۔

بیٹھک میں آئے اور ایک کتاب پڑھنے کیلئے نکالی ابھی دس بارہ صفحے پڑھے تھے کہ کمرے میں زلزلہ سا آ گیا۔ ٹائیگر پٹہ تڑوا کر جو کمرے میں داخل ہوا تو اس نے میز پر رکھے ہوئے خوبصورت پھولدان کو نیچے ٹپک دیا۔ تپائی پر رکھی ہوئی تصاویر کو سونگھنے کے بعد فیصلہ کیا کہ کچھ اچھی نہیں اسلئے انھیں نیچے گرا دیا۔ کتاب ہمارے ہاتھوں سے چھین لی۔ اسے دانتوں میں دبا کر ادھر ادھر ٹہلنے لگا۔ دو ایک منٹ کے بعد کتاب فرش پر رکھکر ریڈیو کیطرف متوجہ ہوا، شاید پکے گانے کی تاب نہ لا کر بے تحاشا بھونکنے لگا۔ ریڈیو سیٹ پر حملہ کرنا چاہتا تھا کہ میں نے اسے للکارا۔ چنانچہ تمام حرکات بند کر کے وہ آرام سے صوفے پر دراز ہو گیا۔ نوکر

سے وہ سراپشہ واپس کو کہا اور بڑی مشکل سے اسے پہنایا۔ اب ہم اسے ڈیوڑھی کی طرف گھسیٹتے تھے اور وہ مُصر تھا کہ بیٹھک ہی میں قیام کریگا ـــــ دوسرے دن ہمارے ہمسایہ کی بچی جو ہماری بچی کی سہیلی تھی ایک گڑیا اٹھائے ڈیوڑھی سے گزر رہی تھی کہ ٹائیگر کی نظر اس پہ پڑی۔ شیر کی طرح جو وہ دھاڑا تو گڑیا بچی کے ہاتھ سے گر پڑی اور وہ خود بیہوش ہو کر زمین پر آ رہی۔ بھاگ کر بچی کو اٹھایا۔ اُسے ہوش میں لانے کیلئے کافی جتن کیے مگر خوف کا اس کے دل و دماغ پر اتنا اثر ہوا کہ اسے ہوش نہ آیا۔ ڈاکٹر کو بلوایا گیا۔ پورے ایک گھنٹے کے بعد اس نے آنکھیں کھولیں۔ اسکے گھر پہنچایا گیا جہاں اسے تین دن بخار رہا۔ ہمسائے سے الگ شرمندہ ہوئے، کوفت الگ اٹھانی پڑی ـــــ اس سے اگلے دن ڈاکیہ چھٹی دینے آیا۔ ٹائیگر اسکی طرف بجلی کی طرح لپکا۔ پچھلی ٹانگوں پر کھڑا ہو کر اسکی گردن ناپنا چاہتا تھا کہ ہم نے دوڑ کر بیچ بچاؤ کیا۔ دو ایک دن بعد پوسٹ ماسٹر صاحب کا خط ملا۔ انھوں نے لکھا کہ چونکہ ہم نے ایک نہایت خوفناک قسم کا کتا پال رکھا ہے اسلئے ڈاکیہ ہماری ڈاک گھر پر پہنچانے سے معذور ہے ہم ڈاکخانہ سے اپنی ڈاک منگوانے کا انتظام کریں۔

چند دن آرام سے گزرے۔ ایکدن صبح کے وقت ٹائیگر کو سیر کرانے کیلئے جا رہے تھے کہ اس کی نگاہ ایک پالتو ہرن پر پڑی جو اپنے مالک کیساتھ جا رہا تھا۔ ٹائیگر آپے سے باہر ہو گیا اور ہرن کی طرف سرپٹ بھاگا، بہتیرا اسے پکارا مگر اس نے ایک نہ سنی۔ ہرن کو نیچے گرا دیا اور اسکی انتڑیاں پھاڑنا چاہتا تھا کہ ہرن کے مالک اور ہم نے بڑی مشکل سے ہرن کو اسکے پنجے سے نجات دلائی۔ اسکے بعد ہم دونوں میں مندرجہ ذیل گفتگو ہوئی۔

"یہ کتا آپ کا ہے؟" "جی نہیں۔" "تو پھر کس کا ہے؟" "کیپٹن حمید کا۔" "آپ اسے چرا کر لائے ہیں؟" "جی نہیں، وہ خود اسے میرے ہاں چھوڑ گئے ہیں۔" "بڑا بیہودہ کتا ہے۔" "جی نہیں السیشن ہے۔ دیکھئے نا اس کے کان کھڑے رہتے ہیں۔" "کان کھڑے رہنے سے کیا ہوتا ہے۔ کچھ تمیز بھی تو ہونی چاہیئے۔" "تمیز کی بات اور ہے ویسے تو کافی ذہین ہے۔" "اسے ذہین کون بے وقوف کہے گا، جی چاہتا ہے گولی مار دوں۔"

ہم اپنا سا منہ لیکر رہ گئے۔ وہ بڑبڑاتے ہوئے چلے گئے۔ اس دن ہم نے فیصلہ کیا کہ آئندہ ٹائیگر کو سیر پر نہیں لے جائیں گے لیکن ٹائیگر کب ماننے والا تھا صبح پانچ بجے ہی اچھل اچھل اور بھونک بھونک کر ہمیں نیند سے بیدار کر دیتا۔ کبھی چادر کو کھینچتا کبھی ہمارا کان ہاتھوں میں دبا۔ کبھی منہ چاٹنے لگتا جیسے کہہ رہا ہو ع
اٹھئے کہ اب تو لذتِ خوابِ سحر گئی۔ چنانچہ اسے اپنے ساتھ لے جانا ہی پڑتا۔ سیر کے دوران میں بھی یہی خدشہ لگا رہتا کہ اگر اس نے کسی جانور یا آدمی پر حملہ کر دیا تو خواہ مخواہ ندامت اٹھانی پڑے گی۔

ایک عجیب بات جو اس میں دیکھی یہ تھی کہ ساری رات نہ خود سوتا اور نہ ہمیں سونے دیتا۔ مشکل سے آنکھ لگتی کہ وہ زور سے بے تحاشا بھونکنے لگتا۔ اٹھ کر دیکھتے کہ وہ دور سڑک پر کھڑے ہوئے کسی کتے کو دیکھ کر بھونک رہا ہے۔ اسے ڈانٹ ڈپٹ کر چپ کراتے اور سونے کی کوشش کرتے۔ مگر جلد ہی اس کی فلک شگاف بھوں بھوں بیدار کر دیتی۔ اب وہ اس لئے بھونک رہا ہے کہ ہوا اتنی تیز کیوں چل رہی ہے یا چاند بادلوں کی اوٹ میں کیوں چھپ گیا ہے یا ہمارا ہمسایہ اٹھ کر پانی کیوں پی رہا ہے —— اور پھر اس کی خاطر تواضع اور اس پر صرف کیا گیا روپیہ، صبح اسے ایک سیر دودھ کا ناشتہ کرایا جاتا۔ دوپہر کے وقت ایک سیر گوشت کا لنچ۔ شام کو دس بارہ روٹیاں اور سالن کا ڈنر ہوتا۔ یہ ڈر رہتا کہ اگر وہ کمزور ہو گیا تو کیپٹن حمید ساری عمر معاف نہیں کریں گے۔ کبھی کبھی ہم یہ سوچنے لگتے کہ اگر کیپٹن حمید کتے کے بجائے بھیڑیا یا چیتا پالتے تو کتنا اچھا رہتا۔ کم از کم وہ ایک عجوبہ تو ہوتا اور پھر اگر کسی کو کاٹ کھاتا تو افسوس تو نہ ہوتا کہ اس نے کوئی ایسی حرکت کی ہے جس کی اس سے توقع نہ تھی۔ رہا ٹائیگر کے کان کھڑے رہنے کا معاملہ تو کان تو خرگوش کے بھی کھڑے رہتے ہیں کیپٹن صاحب نے خرگوش کیوں نہ پالا۔ ساری رات بھونک بھونک کر وہ ہماری نیند تو خراب نہ کرتا —— ٹائیگر ہمارے ہاں ایک مہینہ رہا۔ یہ مہینہ پہاڑ کی طرح کٹنے ہی میں نہ آتا تھا۔ ہر روز صبح اٹھ کر ہم حساب لگاتے کہ اب کتنے دن باقی رہ گئے۔ خدا خدا کر کے کیپٹن حمید مدراس سے لوٹے۔ ہم نے جب ٹائیگر ان کے سپرد کیا تو واقعی ہماری آنکھوں میں آنسو تھے لیکن یہ آنسو خوشی کے تھے!